# SUSANNES KURZGESCHICHTEN AUS RAUM UND ZEIT

von Susanne Eisele

# Funtastische Kurzgeschichten mit fantastischen Wesen

# Susannes Kurzgeschichten aus Raum und Zeit

von Susanne Eisele

Bibliografische Information der Deutschen Nationalbibliothek: Die Deutsche Nationalbibliothek verzeichnet diese Publikation in der Deutschen Nationalbibliografie; detaillierte bibliografische Daten sind im Internet über dnb.dnb.de abrufbar.

Erstausgabe August 2019

Coverdesign: Cover: Dream Design - Cover and Art,
www.cover-and-art.de
Bild  https://www.shutterstock.com
Scherenschnitt: Gordon Johnson auf Pixabay

Lektorat und Korrektorat: Manfred Polz

Impressum:
Urnagold 32, 72297 Seewald
susanne.schwarzwald@gmx.de

Herstellung und Verlag: BoD – Books on Demand, Norderstedt

ISBN: 9783748178255

# Inhaltsverzeichnis

# Die Mission der Einhörner

Co-Autor: Manfred Polz

Während aus den Lautsprecherboxen der mitgebrachten Musikanlage lautstark Heavy- Metal-Musik drang, die das Geräusch des Generators vollständig übertönte, betrachtete Markus sinnierend die Bratwürste, die auf dem kleinen Kohlegrill lagen. Allmählich wurden die auch von der zweiten Seite braun. Seine langen, dunkelblonden Locken hatte er vorsichtshalber hinter dem Kopf zusammengebunden, um die Gefahr zu minimieren, dass diese durch die Hitze des Kohlegrills oder beim Nachlegen von Holz auf das Lagerfeuer in Flammen aufgingen. Freudestrahlend schaute er in die Runde. Immerhin zwanzig seiner Kumpels waren der Einladung gefolgt. Das war ein lustiger Haufen. Vor Glück stieß er einen Seufzer aus. Gab es etwas Schöneres als ein gemütliches Grillfest am Waldrand mit toller Musik, dabei mit Freunden zu quatschen und es sich einfach gut gehen zu lassen? Mit der Grillzange hob er eines der beiden verbliebenen Würstchen an, um es fachmännisch zu begutachten. Zufrieden nickte er - ja, so musste eine perfekte Bratwurst aussehen. Er war froh, dass sie den kleinen Kohlegrill mitgebracht hatten. Zwar hätten sie ihr Essen auch auf dem Schwenkgrill über dem Lagerfeuer braten können, schließlich war das eine offizielle Grillstelle, aber dann hätten sie die Flammen niedrig halten müssen, außerdem war es so wesentlich bequemer, das Grillgut umzudrehen.

„Die Würste sind fertig! Will jemand?", versuchte Markus die laute Musik zu übertönen, ließ dabei das Grillgut aber nicht aus den Augen.

„Ich hätte gerne eine", ertönte eine tiefe Stimme hinter seinem Rücken.

„Kommt sofort!" Die Grillzange mit der Bratwurst in der erhobenen Hand drehte sich der junge Mann zu der Stimme um – und ließ Zange samt Wurst fallen. Entgeistert starrte er sein Gegenüber an.

Mit vorwurfsvollem Blick sah dieser von Markus zu der im Gras liegenden Wurst und wieder zurück. „Warum glaubt eigentlich jeder, dass ich vom Boden essen will? Nur, weil ich eine gewisse Ähnlichkeit mit einem Pferd habe?"

Markus kniff kurz die Augen zusammen und sich dabei in den Arm. War da vielleicht etwas in der Grillkohle? Als er die Augen wieder öffnete, bot sich ihm dennoch derselbe Anblick: vor ihm stand ein großes, schwarzes Einhorn, das seine lange, ebenso schwarze Mähne schüttelte.

„Aber trotzdem danke, Mann." Jetzt sah der Hengst den jungen Mann in einer Weise an, die ihm kalte Schauer über den Rücken jagte.

Markus war sich nicht schlüssig, ob dieses pferdeähnliche Wesen, aus dessen Stirn ein gefährlich aussehendes, gedrehtes Horn wuchs, die Zähne bleckte oder nur grinste. Da er nicht nach hinten ausweichen konnte, ohne sich sowohl das Hinterteil, als auch die Haare am Kohlegrill zu verbrennen, blieb er wie angewurzelt stehen, während er die schwarze Kreatur mit weit aufgerissenen Augen anstarrte.

„Da ist noch eine auf dem Grill. Willst du lieber die?" Markus' Stimme hörte sich in seinen eigenen Ohren ungewohnt piepsig und schüchtern an.

Erneut schüttelte der Hengst seine Mähne. „Nö, das passt schon. Ist ja nicht so, als ob ich nie vom Boden essen würde. Aber wenn die andere Wurst noch übrig ist – mein Kumpel hätte sicher auch Appetit. Er ist nur etwas scheu, deshalb traut er sich nicht her." Der Hengst drehte den Kopf nach hinten. Dabei stieß er eine kurze Reihenfolge von Schreien aus, unterbrochen von Schnauben.

Für Markus hörte sich dies nach einem wüst hustenden Esel an. Obwohl er sonst durchaus dazu neigte, die Worte, die ihm gerade durch den Kopf gingen, auch laut auszusprechen, behielt er seine Gedanken dieses Mal lieber für sich. Kurz darauf kam ein weiteres schwarzes Einhorn angetrabt, das eine etwas schlankere Statur als das erste aufwies, gefolgt von einem neugierigen Frischling. Markus, zwischenzeitlich etwas entspannter, hob die Zange wieder auf. Dann drehte er sich zum Grill, um die letzte Wurst von Rost zu nehmen. Überlegend drehte er sich wieder zurück zu den unerwarteten Gästen. Er war unschlüssig: einfach ins Gras werfen wollte er das Grillgut nicht, in die Hand drücken konnte er sie dem Wesen aber auch nicht.

Der zweite Hengst lächelte ihn schüchtern an, jedenfalls wirkte es auf den jungen Mann so. Dann sprach er: „Leg' sie einfach auf den Boden, das ist schon in Ordnung. Hast du eventuell noch ein Stück Brot für den Kleinen übrig? Dem würde die Wurst bestimmt auch schmecken, aber ich möchte nicht, dass er Schweinefleisch isst."

Markus lächelte genauso schüchtern zurück. Vorsichtig legte er dem Einhorn die Grillwurst hin, nahm danach eine Scheibe von dem Brot, das auf dem Tisch neben dem Grill lag. Kaum hatte er sie vor dem Frischling abgelegt, machte der sich vor Begeisterung grunzend über den Leckerbissen her. Zwischenzeitlich waren auch die anderen Festbesucher auf die neuen Gäste aufmerksam geworden.

Das Einhorn, das zuerst erschienen war, hatte seine Bratwurst bereits restlos vertilgt. Gespannt sah es die Menschen an. „Hi Leute. Schöner Abend heute, nicht wahr?!"

Die Zweibeiner waren noch immer sprachlos. Einige brachten es immerhin fertig, zustimmend zu nicken.

„Die Musik ist echt klasse. Wäre es für euch in Ordnung, wenn ich ein wenig dazu tanze? Ich frage lieber vorher, nicht, dass ich euch noch mehr erschrecke." Das Einhorn grinste, der andere Hengst stupste ihn mit seiner Flanke an. „Benimm dich!"

Plötzlich schallte das helle Lachen einer jungen Frau über die Lichtung. Überrascht drehten sich alle zu Jenny um, der vor Lachen bereits Tränen in den Augen standen. Sie konnte zwar nicht erklären, was genau ihren Heiterkeitsausbruch ausgelöst hatte, das war aber auch gar nicht nötig. Ihr Lachen war so ansteckend, dass einer nach dem anderen darin einfiel. Sogar die beiden Einhörner stießen eine Reihe von Schnaubern aus, was offensichtlich deren Art zu Lachen war. Nur der Frischling sah etwas irritiert von einem zum anderen. Doch da offensichtlich keine

Gefahr von den Zweibeinern ausging, grunzte der Kleine zufrieden und knabberte einfach weiter an seinem Stück Brot.

Schon kurz danach tanzten, lachten, tranken und unterhielten sich alle Anwesenden mit den Einhörnern, als ob sie schon seit ewigen Zeiten mit ihnen befreundet wären. Gegen ein Uhr morgens war die Party zwar noch in vollem Gange, wurde aber dennoch ein wenig ruhiger. Da keiner der Menschen die korrekte Schnaub- und Wieherreihenfolge einhalten konnte, die für die Namen der Einhörner stand, hatten sie sich für das Einhorn, das zuerst erschienen war, einfach auf Eloin geeinigt, Kari nannten sie seinen Freund, der danach kam. Den Frischling tauften sie auf den Namen ‚Nüsschen', auch wenn keiner mehr genau wusste, wie sie eigentlich darauf gekommen waren. Eloin hatte es sich zwischenzeitlich auf dem Boden gemütlich gemacht. Er schlabberte Bier aus einer flachen Schale, die vor im stand, sah dabei versonnen ins Lagerfeuer.

„Woran denkst du?", fragte ihn Jenny, die neben ihm auf einer Bierbank saß.

„Ach, an nichts", wich der Hengst der Frage aus.

„Das glaube ich dir nicht. Komm schon, was ist los? Ich seh' dir doch an, dass dich etwas bedrückt. Und das an so einem schönen Abend!" Jenny sah ihn auffordernd an.

„Nun, du hast es eben selbst gesagt – der Abend ist viel zu schön, um ihn mit trüben Gedanken zu versauen."

Eine Weile schauten beide wieder schweigend den tanzenden Flammen zu.

„Wie kommt es eigentlich, dass Nüsschen bei euch beiden ist?", nahm Jenny das Gespräch wieder auf. Eloins Art zu Schnauben konnte sie zwischenzeitlich als Lachen erkennen. „Er ist scheinbar etwas aus der Art geschlagen – wie Kari und ich wohl auch." Der Hengst drehte den Kopf zu Jenny. Ein menschlich anmutender, tiefer Seufzer kam über seine Lippen. „Also gut, dann werde ich dir jetzt erzählen, was mir zu schaffen macht.

Wie andere Gruppen auch sind Kari und ich vor drei Monaten nach eurer Zeitrechnung losgezogen, um magiebegabte Wesen zu finden, die uns dabei helfen sollen, das fortschreitende Schwinden unserer Welt aufhalten. Nur diejenigen Magier, die den Zugang öffnen können, werden auch in der Lage sein, unsere Welt zu retten. Doch anscheinend sind wir im falschen Universum gelandet, denn bisher ist uns so jemand nicht begegnet. Deshalb können wir so lange nicht zurück, bis hoffentlich eines der anderen Teams Erfolg hat. Wir haben in der Nähe Unterschlupf bei einer Rotte Wildschweine gefunden. Die mögen aber alle keinen Heavy Metal, weshalb sie uns nicht hierher gefolgt sind – abgesehen von Nüsschen. Ich muss sagen, es tut richtig gut, wenn mal für eine Zeit nicht die ganze Rotte um einen herumwuselt. Wildschweine können richtig anhänglich sein, manchmal schon fast etwas zu anhänglich."

Es entstand eine Pause, in der beide wieder in das Feuer starrten. Dann wandte sich Jenny erneut an das Einhorn. „Warum hast du gesagt, dass Kari und du aus der Art geschlagen seid? Zugegeben, ein sprechendes Einhorn ist schon etwas ungewöhnlich. Na ja, genau genommen ist es für uns alle hier eigentlich voll krass, überhaupt echten Einhörnern begegnet zu sein. Dabei heißt es immer, ihr würdet gar nicht existieren. Also, ich bin wirklich froh, dass das nicht wahr ist, auch wenn uns das außerhalb dieser Meute bestimmt kaum jemand glauben würde. Aber was soll's, ..." - sie überlegte kurz - „...Ungläubigen", sagte sie mir einem Schmunzeln, „erzählen wir das sowieso nicht. Trotzdem verstehe ich nicht, was mit euch nicht stimmen soll? So ganz in coolem Schwarz, dazu das silbergraue Horn - also für mich seid ihr beiden einfach wunderschön - und nett seid ihr schließlich auch."

Ein wehmütiges Lächeln umspielte Eloins Lippen. „Danke Jenny, das ist ganz lieb von dir." Er machte eine Pause, atmete dann einmal tief durch. „Wir Einhörner konnten schon immer sprechen", fuhr er schließlich fort. „Aber wir lassen es aus Vorsicht nicht jeden wissen. Wir öffnen uns nur denjenigen, denen wir vertrauen. Dazu gehört auch, dass wir uns überhaupt jemandem zeigen. Es ist jedoch nicht so, dass wir die Fähigkeit hätten, uns plötzlich sichtbar oder unsichtbar zu machen. Wir sind vielmehr dazu in der Lage, uns durch geschicktes Verstecken und Abstandhalten den Blicken derer zu entziehen, die uns nicht sehen sollen, wobei uns zudem ein spezieller Glanz unseres Fells behilflich ist. Doch dies nur nebenbei. Du must wissen: die Elite unserer Welt hat weißes Fell mit funkelnder Mähne in Pastelltönen. Alle, die dunkler sind und nicht so glitzern, sind nur ‚Fußvolk'. Eigentlich wurden ausschließlich Mitglieder aus dieser Elite losgeschickt, um die Magier zu suchen. Doch um zu beweisen, dass wir ebenfalls dazu in der Lage sind, auch wenn wir nicht glitzern, sind Kari und ich auf eigene Faust losgezogen. Aber man sieht ja, wohin das geführt hat. Jetzt sind wir Teil einer Wildschweinrotte." Traurig blickte der Hengst wieder ins Feuer.

Jenny schüttelte daraufhin energisch den Kopf. „Nein!", warf sie entschieden ein. „Ihr seid jetzt Teil der großen Metal-Familie und damit jederzeit herzlich willkommen. Es dürfte zwar schwierig werden, euch mit zu uns nach Hause zu nehmen, dafür seid ihr vor allem zu groß. Aber wir werden euch auf jeden Fall so oft wie möglich hier im Wald besuchen, wenn ihr damit einverstanden seid."

Das Einhorn schmiegte seinen Hals an Jennys warme Haut. „Aber natürlich sind wir damit einverstanden. Danke."

Weitere schweigsame Minuten vergingen, in denen beide sowohl ihren Gedanken nachhingen, als auch der Musik lauschten, die mit unverminderter Lautstärke aus den Boxen tönte.

„Woran erkennt ihr eigentlich die Magier, die euch helfen können?", wollte Jenny schließlich wissen. Sie sah ihren Gesprächspartner fragend an.

Eloin schüttelte seine Mähne. „Gute Frage. Irgendwie sind wir davon ausgegangen, dass es eine Magierschule gibt, oder dass die Magier im Wald in einem Zaubererturm leben; so wie es in den Legenden immer beschrieben wird. Wir haben aber weder Zaubererturm noch Magierschule gefunden. Über ein paar sogenannte Zauberer sind wir zwar gestolpert – das waren aber alles nur Illusionisten, also niemand, der wirkliche Magie beherrscht. Die wenigen Menschen, die wir bislang danach gefragt haben, antworteten uns allesamt, dass es keine echten Magier geben würde. Daraufhin haben wir uns enttäuscht in den Wald zurückgezogen. So wie es aussieht, sind wir beide, Kari und ich, wohl doch nicht in der Lage, unsere Welt zu retten. Daher bleibt uns nichts anderes übrig, als zu hoffen, dass es eines der anderen Teams schafft. Zugegebenermaßen sinkt die Hoffnung aber mit jedem Tag, an dem sich der Durchgang nicht öffnet."

Jenny und Eloin schauten erneut dem Feuer zu, wie es langsam herunterbrannte. ‚Man sollte wieder ein wenig nachlegen ...', ließ die junge Frau ihre Gedanken abdriften. Plötzlich stand sie so schlagartig auf, dass beinahe die Bank umgekippt wäre. Eloin wieherte kurz vor Schreck. Für einen Moment kam sein Fluchtreflex an die Oberfläche, der ihn hastig aufstehen ließ.

„Was hast du denn? Ist etwas passiert? Hast du etwas gesehen?", fragte er nervös.

„Wie? - Nein, nein, alles in Ordnung. Tut mir leid, dass ich dich erschreckt habe", erwiderte Jenny. Zur Beruhigung legte sie ihren Kopf an seine Schulter, während sie sanft seinen Hals streichelte. Dann nahm sie seine Wangen in ihre Hände und sah ihm freudestrahlend in die Augen. „Mir ist nur gerade ein Gedanke durch den Kopf geschossen: Wenn sich bis jetzt kein Portal geöffnet hat, dann heißt das doch, dass deine weißen ‚Elitesoldaten' auch noch keinen Erfolg hatten! Das bedeutet, dass sie keineswegs besser sind als du und Kari, verstehst du?"

Eloin sah die junge Frau eine ganze Weile überlegend an, während er die Worte durch seine Gehirnwindungen sickern ließ. Seine Miene hellte sich auf. „Du hast recht; aber ja, du hast ja so recht ...", freute er sich. Schon war er in Begriff, loszulaufen, um seinem Gefährten Kari diese wunderbare Neuigkeit zu überbringen, als er plötzlich innehielt. Von einem Moment auf den anderen war seine Euphorie wieder verflogen. Traurig blickte er wieder zu Jenny.

„Aber - weißt du, was das auch bedeutet? Wenn nicht einmal die es schaffen, dann sind wir verloren." Damit ließ er sich entmutigt wieder auf den Boden sinken, um unverwandt dem Spiel der Flammen zuzusehen.

„Aber ...", suchte sie unsicher nach einer Antwort. Doch sie fand keine, die ihn wieder hätte Mut finden lassen. Schweigend kuschelte sie sich an den schwarzen Hengst, um ihn - aber auch sich selbst - zu trösten.

Kurze Zeit später kam Markus auf sie zu. Er legte seine Arme um Eloin und Jenny. „Hey ihr zwei, was blast ihr hier Trübsal? Heute wird gefeiert!"

Eloin wollte diese Gelegenheit nutzen, um wieder auf hellere Gedanken zu kommen, wenigstens für diesen Abend. „Ich habe ja noch gar nicht gefragt: was feiert ihr denn eigentlich?", wandte sich das Einhorn an die beiden Menschen.

Markus lachte: „Oh, nichts Besonderes", antwortete er mit einem Schulterzucken. „Einfach nur das Leben und die Freundschaft."

Durch Markus` fröhliche Art war auch Jenny gleich wieder bei besserer Laune. Zustimmend nickte sie, dann grinste sie verschmitzt.

„Hey Eloin, du suchst einen Magier? Der Typ hier ist ein richtiger Gitarrenhexer! Tut's das auch? Falls ja: hier springen noch ein paar mehr von der Sorte rum."

Markus' Wangen färbten sich leicht rot, dann lächelte er. „Danke für dieses Kompliment, meine Liebe. Aber was meintest du damit, dass unser Freund einen Magier sucht?", wollte er wissen.

Jetzt erhob sich Eloin wieder. „Ich will dir gerne erklären, warum Kari und ich überhaupt hier sind". So wiederholte er für Markus, was ihn und seinen Kumpel hierher verschlagen hatte. Daraufhin musste sich der junge Mann erst einmal setzen.

„Boah, das ist ja der Hammer!", erwiderte er fasziniert. Doch sogleich sprang er wieder auf. Mit den Worten: „Ah - Moment, ich bin gleich wieder da ...", entfernte er sich zügig. Jenny und Eloin sahen sich ratlos an. Gleich darauf kam Markus mir drei Flaschen Bier wieder zurück.

„Diese Angelegenheit will entspannt angegangen werden. Lasst uns darauf erst einmal anstoß... ähm - ein Bier trinken, dann kommen die Ideen für eine Lösung von ganz alleine."

Markus goss den Inhalt einer Bierflasche in Eloins Schale.

„Doch!", rief der Hengst, „lasst uns anstoßen. Haltet mal eure Flaschen etwas höher und legt sie aneinander. Ja, genau so." Jenny und Markus sahen sich fragend an, weil sie nicht wussten, was Eloin vorhatte, fanden es aber trotzdem lustig, weswegen sie einfach mitmachten. Dann senkte der Hengst den Kopf, um mit seinem Horn vorsichtig auf die Flaschen zu klopfen. Amüsiert lachten die drei, was sich bei Eloin wieder im mittlerweile bekannten Schnauben äußerte. So in Fahrt gekommen leerte er die Schale in kürzester Zeit.

„Du bist also wirklich ein Hexer? Ein echter Magier?", fragte er aufgebracht. „Kannst du dann deine Gitarre auch zum Sprechen bringen?"

Markus reagierte zunächst nur auf den ersten Teil des Gesagten. Beschwichtigend antwortete er: „Langsam, langsam. Gaaanz ruhig, Schwarzer."

Jenny verdrehte seufzend die Augen, der Hengst legte fragend den Kopf schräg.

„Ähm, okay, das war jetzt wohl gerade nicht ganz so ..."

Dieser Ausrutscher war ihm nun doch etwas peinlich. Verlegen räusperte er sich, dann fuhr er fort: „Nun, weißt du, Eloin, Gitarrenhexer sagt man bei uns eben zu jemandem, der dieses Musikinstrument recht passabel beherrscht."

„Recht passabel?", wurde er von Jenny lachend unterbrochen. „So virtuos wie du können viele professionelle Gitarristen nicht spielen!"

„Ach, nun, na ja ...", druckste er herum, während er zu Boden sah und Steinchen herum kickte. Dann erreichte in der zweite Teil von Eloins Frage. Sein Blick ging eilig wieder nach oben. „Moment – wie war das eben? Die Gitarre zum Sprechen bringen? Wieso das denn?", fragte er verwundert.

„Weil ganz bestimmte Worte intoniert werden müssen, will man eine Chance haben, das Portal öffnen zu können."

„Welche Worte?" Markus sah das Wesen gespannt an.

Eloin schloss die Augen, dann überlegte er angestrengt. „Das war – hmmm, warte – es war sogar in der menschlichen Sprache. Irgendwie Ref... Refeffom ..."
Er setzte wieder eine Reihe von Schaubern und Wiehern ab, woraufhin Kari zu ihnen getrabt kam.
„Referof Latem sind die Worte", beantwortete er Eloins Frage.

„Referof Latem", wiederholte Markus grübelnd. „Nicht wirklich eingängig, müsste aber zu schaffen sein", murmelte er halblaut vor sich hin. Dann stahl sich ein schelmisches Grinsen auf sein Gesicht. „Ja, das könnte klappen. Kinder, ich habe einen Plan. Geht nicht weg, ich muss mal mit den anderen Musikern hier etwas besprechen".

Kurze Zeit später verzog sich etwa die Hälfte der Festbesucher in Richtung Parkplatz.
Etwas enttäuscht sah Kari den Menschen hinterher. „Warum gehen die jetzt? Habe ich denn etwas Falsches gesagt? Sind diese Worte bei euch etwa eine Beleidigung?"
Schmunzelnd schüttelte Jenny den Kopf. „Beruhige dich, es ist alles in Ordnung. Niemand ist beleidigt. Die kommen wieder – ganz bestimmt. Alle, die sich gerade auf dem Parkplatz versammelt haben, sind Musiker - also Instrumentalisten und Sänger. Ich glaube, die beraten sich gerade, wie sie euch helfen können. Lasst euch einfach überraschen. Amüsiert euch weiterhin, bis sie wiederkommen."
Nüsschen war Kari zum Lagerfeuer gefolgt, weil es in der Nähe der Einhörner bleiben wollte. Doch die natürliche Furcht vor den Flammen ließ ihn zögern, näher-

zukommen. Als Jenny dies bemerkte, ging sie auf das kleine Borstentier zu. „Na komm, Kleiner, du brauchst keine Angst zu haben, wir passen schon auf dich auf". Sie kniete sich zu ihm hinunter, um ihn hinter den Ohren zu kraulen, was ihm, den leisen Grunzlauten nach zu schließen, offensichtlich sehr behagte. Als er zutraulicher wurde, nahm sie den kleinen Frischling auf den Arm, worauf er freudig quiekte. Durch die Nähe zu den Einhörnern, die Wärme des Lagerfeuers und die friedliche Stimmung auf dem Grillplatz fühlte sich Nüsschen so wohl, dass er sich noch tiefer in Jennys Arme kuschelte. Sie setzte sich wieder auf die Bank, als das Schweinchen entspannt die Augen schloss. Die junge Frau hatte den Eindruck, ein Lächeln auf dem kleinen Gesicht zu erkennen, was sie selbst lächeln ließ.

Als etwa dreißig Minuten später die Musiker, Einzelheiten diskutierend, zum Lagerfeuer zurückkehrten, hob Nüsschen den Kopf. Neugierig sah er in deren Richtung. Jenny merkte, dass er sich das aus der Nähe ansehen wollte. „Ja, mein Kleiner, jetzt wird es interessant." Mit diesen Worten ließ sie ihn wieder herunter.

Einige der Musiker kamen mit Gitarren und kleinen Übungsverstärkern, andere hatten Trommelstöcke in den Händen. Markus schloss ein Mikrofon am Mischpult an, dann regelte er die Lautstärke der Musik ganz herunter. „Eins, zwei, Test, könnt ihr mich hören?", fragte er über das Mikrofon die Anwesenden, die ihm mit einem kurzen „ja" oder durch Handzeichen antworteten. Er nickte zufrieden, bevor er fortfuhr:

„Hört zu, Leute. Unsere Freunde Eloin und Kari müssen ein Tor zu ihrer Welt öffnen, damit sie wieder nach Hause können. Wir wollen ihnen dabei helfen. Seid ihr dabei?"

Erneut ertönte ein vielstimmiges „Jaa!", doch diesmal deutlich lauter. Wieder nickte Markus, während sein Grinsen von einem Ohr zum anderen reichte. „Dacht' ich mir. Deshalb haben wir Musiker in den vergangenen Minuten ein Lied komponiert und einstudiert. Es hat einen sehr einfachen Melodiebogen, den sollte eigentlich jeder hinbekommen. Die Schlagzeuger müssen halt mangels Schießbude auf allen möglichen Gegenständen herumballern. Das mag dann vielleicht etwas eigenwillig klingen, aber den Zweck wird es erfüllen. Der Text selbst besteht lediglich aus zwei Wörtern: Referof Latem. Probieren wir das mal zusammen: Referof Latem!"

„REFEROF LATEM" schallte es ihm daraufhin laut, aber ziemlich verwaschen entgegen.

„Okay, das war schon mal ganz nett für den Anfang. Paul, alter Pacemaker, lass' uns den Rhythmus fühlen!" Der Schlagzeuger legte vor, die anderen Drummer stiegen nach und nach darauf ein. Alle Festbesucher wiegten sich mehr und mehr im Takt.

„Ich werde das Mikro gleich an Iris übergeben. Sie wird die Worte mit euch nochmals üben, bis sie sitzen, dann spielen wir das Lied. Denkt also daran – es ist ganz wichtig, dass ihr mit voller Konzentration und in voller Lautstärke mitsingt. Seid ihr bereit, für die Einhörner zu singen?"

„Jaa!", ertönte es erneut in mehrstimmigem Chor.

Jetzt hatte Iris das Mikrofon übernommen. „Das nennt ihr volle Lautstärke? Los, noch mal - SEID IHR BEREIT?"

„JAAA!", schallte es durch den angrenzenden Wald. Alleine der Widerhall, der durch das Gehölz lief, hatte etwas mystisches an sich.

Zufrieden nickte sie in die Runde. Während die Schlagzeuger den Rhythmus klopften, intonierte sie mit ihrer dunklen, leicht rauchigen Stimme: „Refero-o-o-f Latem! Jetzt ihr ..."

Schnell wurden die Anwesenden sicherer. Von Mal zu Mal wiederholten sie die Worte lauter und synchroner. Fünf Minuten später waren sowohl Musiker als auch Publikum bereit, richtig loszulegen. Die magischen Worte hallten über die Lichtung, untermalt von Gitarrenklängen, den Takt prasselnd auf Tischen, Kartons, Mülleimern, hohlen Baumstämmen und sonstigen Gegenständen getrommelt. Auch die Einhörner ließen sich von der Atmosphäre des Liedes tragen. Lautstark sangen sie mit. Selbst Nüsschen steuerte vergnügt ein paar Grunz- und Quieklaute bei, auch wenn diese nicht wirklich im Takt waren, was aber niemanden störte.

Immer und immer wiederholten sie den Wortlaut, der mittlerweile eine fast hypnotische Wirkung hervorrief, was einige dazu veranlasste, wie Indianer im Kreis um das Lagerfeuer herumzutanzen. Alle waren so in das Lied vertieft, dass sie den leichten Schimmer, der sich seitlich von ihnen am Waldrand bildete, anfangs gar nicht wahrnahmen. Erst als dieser in allen Regenbogenfarben schillerte, sich dabei zu einem Torbogen formte, wurde er von den ersten Festbesuchern bemerkt.

Nach und nach verstummten immer mehr der Sänger und Musikinstrumente, bis sich schließlich Stille über der Lichtung ausbreitete, weil alle Anwesenden nur noch in Richtung dieses Schillerns starrten.

„Wahnsinn – das hat ja tatsächlich funktioniert ...", bemerkte Jenny völlig be- wie auch entgeistert. Wenige Augenblicke später ging ein vielstimmiges „Aah" und „Ooh" über die Lichtung, als vier weiße Einhörner mit glitzernden Mähnen in rosa, hellblau, hellgrün und pastellgelb vorsichtig aus dem Portal heraustraten, das gerade einmal so groß war, dass sie nur einzeln hindurch konnten.

Zuerst war Eloin ebenfalls ergriffen, dass es wirklich gelungen war, den Durchgang zu öffnen. Doch als er dann erkannte, wem er da begegnete, verdrehte er die Augen. „Da sind sie, die Gesandten unsere Elite", seufzte er leise.

Jenny, die neben ihm stand, schlang ihre Arme um seinen Hals. „Aber du und Kari, ihr seid jetzt die Helden, weil ihr das magische Ritual veranlasst habt. Außerdem finde ich schwarze Einhörner sowieso viel schöner als dieses poppig-kitschige Glitzerzeugs in der Mähne." Sie schmiegte sich an den Hengst. „Müsst ihr beiden denn jetzt gehen?", fragte sie wehmütig.

Eloin schnaubte, was diesmal allerdings kein Lachen war. „Ich denke schon. Die Obersten Einhörner werden uns bestimmt sehen wollen. Aber da es jetzt gelungen ist, einen Durchgang zu schaffen, muss es auch möglich sein, diesen immer wieder öffnen zu können. Wenn das tatsächlich so ist, dann kommen Kari und ich euch besuchen, so oft es geht. Ich werde mal 'rübergehen und nachfragen."

Behutsam löste er sich aus der Umarmung, dann drückte er der jungen Frau sanft einen Kuss auf die Wange.

Die Einhörner trafen am Rande des Portals aufeinander. Da sie sich in ihrer eigenen Sprache unterhielten, hörten die Menschen nur Schnauben und Wiehern. Nach einiger Zeit trat das Einhorn mit der hellblauen Glitzermähne vor.

Es sprach: „Die beiden Schwarzen haben uns berichtet, dass durch euer Treiben das ersehnte Tor geöffnet wurde, wodurch ihr unsere Welt gerettet habt. Seid im Namen aller Einhörner vielmals dafür bedankt. Doch sagt, welche von euch sind denn nun die Magier, die dies bewerkstelligt haben? War es denn schwer, den Zauber zu wirken?"

Neugierig sah das Wesen in die Runde der Festbesucher, von denen einige noch immer mit offenem Mund dastanden, was in diesem Moment nicht den intelligentesten Eindruck vermittelte.

Schließlich trat Markus vor. „Es freut uns sehr, dass wir helfen konnten, o Gesandter." Jenny bewarf ihn für diese nach ihrem Empfinden alberne Anrede von hinten mit einem kleinen Kiefernzapfen, worauf er kurz zusammenzuckte und sich zu ihr umdrehte. Mit einem leichten Kopfschütteln sah sie ihn vorwurfsvoll an.

„Was denn ...?", fragte er grinsend. Dann richtete er das Wort wieder an das weiße Einhorn. „Der Dank gebührt jedoch Eloin und Kari, wie wir die beiden

Schwarzen nennen. Sie haben uns die Worte gesagt, mit denen dies überhaupt möglich war. Was die Magier angeht, die ihr so beharrlich sucht – die gibt es nicht in der Form, wie ihr sie euch vorstellt. So, wie ich die Angelegenheit jetzt verstehe, ging es nie um eine oder mehrere magische Personen, sondern um die Magie der Einheit und der Liebe. Weißt du, als wir das Lied gesungen hatten, waren wir alle vereint; unabhängig von Rasse, Herkunft und Stand, ja sogar Spezies. Selbst der Frischling hat mitgemacht. Diese Einigkeit, verbunden mit der Liebe zu unserer Musik, die jeder der hier anwesenden nicht nur intensiv spürt, sondern auch lebt, hat den Zauber bewirkt. Daher denke ich, dass es entscheidend ist, dass auch ihr diese Einheit und Liebe lebt, wenn ihr eure Welt erhalten wollt. Niemand ist mehr wert als der andere, nur weil er diese oder jene Fellfarbe hat."

Beeindruckt starrten die weißen Einhörner Markus sekundenlang schweigend an. Schließlich nickte das Wesen mit der hellblauen Mähne. „Ich glaube, du hast recht." Dann blickte es zu den schwarzen Hengsten. Mit einem Nicken zu den beiden fuhr es fort: „Wir werden dies so den Obersten Einhörnern weitergeben, damit es in Zukunft beherzigt wird. Habt Dank für eure weisen Worte."

Die vier weißen Einhörner verneigten sich. Sowohl zum Dank, als auch zum Abschied. Danach kehrten sie durch das Portal in ihre eigene Welt zurück.

Kari kam auf Markus zu. „Was dagegen, wenn wir noch ein bisschen mit euch feiern und erst später in unsere Heimat zurückkehren?"

Der junge Mann schüttelte den Kopf. „Natürlich nicht! Bleibt bei uns, solange ihr möchtet – oder besser gesagt: so lange wie möglich!"

Dann öffnete er sich eine neue Flasche Bier, hielt sie in die Höhe, während er rief: „Hey Leute, dreht die Musik wieder auf! Die Party geht weiter! Immerhin haben wir eine Welt gerettet! Wenn das mal kein Grund zum Feiern ist!" Johlend stimmten alle zu, während sie ebenfalls ihre Flaschen in die Höhe hielten. Drei Stunden später näherte sich das Fest allmählich dem Ende, doch die Freundschaft zu den schwarzen Einhörnern blieb bis heute bestehen.

(Und wenn sie nicht gestorben sind, dann feiern sie noch heute ...)

.

# Ein besonderer Einsatz

„Mensch, Sascha. Wenn das rauskommt, haben wir ziemlich große Probleme."

„Große Probleme? Machst du Witze? Nein Mann, wenn das rauskommt, sind wir beide am Arsch, aber so richtig! Also werden wir schön die Klappe halten." Basti, eigentlich Sebastian, mein Partner nickte, wirkte aber immer noch irgendwie ängstlich. Aufmunternd lächelte ich ihn an.

„Hey, reiß' dich zusammen. Wenn wir beide bei derselben Geschichte bleiben, kann uns keiner etwas nachweisen und alles läuft weiter seinen gewohnten Gang." Immer noch dieser zweifelnde Blick. Er hätte sich auch ‚schuldig' auf die Stirn tätowieren lassen können. Dabei sind die Chancen, dass wir mit dem Mord durchkommen werden, mehr als gut. Es war ja ohnehin Notwehr und kein Mord, oder?

Ich ließ die Geschehnisse der vergangenen Stunden nochmals Revue passieren.

Der Erste Polizeihauptkommissar Hartwig hatte meinen Kollegen und mich mit der Observierung des Drogenbarons von Kleinviehweiler beauftragt. Dabei klingt dieser Titel für solch einen Menschen noch viel zu harmlos. Er betreibt nicht nur Rauschgifthandel in größerem Stil, sondern ist auch in Menschenhandel und Morde verwickelt. Das weiß im Prinzip jeder, nur nachweisen konnte man dem alten Fuchs bisher nichts. Also sollte er über längere Zeit beobachtet werden. An diesem Nachmittag waren dann Basti und ich zur Überwachung eingeteilt. „Nur observieren" wurde uns eingeschärft. Tja, vielleicht hätte ich doch dieses eine Mal auf meine Mutter hören sollen, die immer sagte, dass man mit den Augen schaut, nicht mit den Fingern.

Jedenfalls stellten wir im Laufe des Nachmittags fest, dass der Kerl alleine auf seinem großen Landsitz war. Er fühlte sich anscheinend sehr sicher. Wir uns allerdings auch. Daher beschlossen wir, uns ins Haus zu schleichen, um nach Beweisen zu suchen. Diese würden wir natürlich nicht anrühren; doch im Falle einer Hausdurchsuchung, könnten wir den Kollegen entsprechende Tipps geben, wo sie fündig werden würden. So war jedenfalls der Plan.

Basti ist äußerst geschickt beim Knacken von Schlössern und dem Deaktivieren von Alarmanlagen. Ich will lieber nicht wissen, wo und warum er das gelernt hat, jedenfalls war das unbemerkte Eindringen in das Haus somit kein Problem.

Anfangs ging alles glatt. Die Räume, die wir durchsuchten, waren teuer, aber dennoch geschmacklos eingerichtet. Wir bewegten uns so leise wie möglich und horchten immer auf Geräusche, die auf den Drogenbaron hindeuteten. Demnach zu urteilen, was wir hörten, stand dieser gerade unter der Dusche. Sollte uns recht sein.

In einer Schublade im Esszimmer wurde ich fündig. Die Päckchen sahen eindeutig nach Koks aus. Es waren zwar nicht viel, aber besser als nichts.

Ich wisperte meinem Kollegen zu „schau mal hier", als hinter mir die Stimme des Drogenbarons erklang.

„Was soll ich mir denn ansehen, Schätzchen?"

Entsetzt drehte ich mich um. Da stand er: groß, ziemlich dick, fettige kurze Haare in grau-braun mit Seitenscheitel, bekleidet mit einem seidenen, fliederfarbenen Bademantel, der vorne wegen seiner Leibesfülle offenstand. Ach ja, so etwas wie Badelatschen hatte er auch noch an. Nein, sonst nichts. Allerdings hatte er eine Pistole in der Hand. Kaliber 45, brüniert. Hätte er damit nicht gerade auf mich gezielt, hätte ich sogar gesagt: eine schöne Waffe. War sicher sehr teuer. Ich mag eigentlich die kalte Schönheit von Waffen aller Art – aber wenn man so direkt in die Mündung schaut – nun, da ist es ziemlich schnell vorbei mit der Faszination.

„Da habe ich doch tatsächlich zwei Einbrecher auf frischer Tat ertappt. Jetzt muss ich wohl die Polizei holen. Allerdings habe ich bei der Art Eures Vorgehens das dumpfe Gefühl, dass die schon hier ist. Oder?" Die kleinen Schweinsäuglein des Drogenbarons sahen mit einem listigen Ausdruck darin von mir zu Basti und zurück. Für den Moment hielten wir jedoch beide den Mund.

„Keine Antwort ist auch eine Antwort", befand der Hausherr. Dann grinste er plötzlich zufrieden. „Wirklich zu dumm, dass ihr mich angreifen wolltet. Da musste ich mich natürlich verteidigen. Ups, in der Panik leider beide erschossen. Ihr seid sicher nicht ohne Waffen gekommen, da wird mir das jeder Richter gerne glauben."

Ich verdreht leicht die Augen. Gerne würde ihm das sicher kein Richter glauben. Da wir aber tatsächlich eingebrochen waren und natürlich bewaffnet, würde er sicher mangels Beweisen freigesprochen werden. Mal wieder.

Er zielte genau auf meinen Kopf. „Scheiße", dachte ich noch, dann übernahm mein Überlebensinstinkt die Führung.

Wie von Geisterhand geführt, drehte sich die Pistole plötzlich um fast 180 Grad. Dem Dicken verging das hinterlistige Grinsen. Die Pistole zielte nun geradewegs auf seinen eigenen Kopf. Seine Augen wurden mit einem Mal für seine Verhältnisse richtig groß, während er begann, zu schwitzen und zu zittern.

Was außer meinem Partner niemand weiß – niemand wissen darf – ist die Tatsache, dass ich über recht beachtliche telekinetische Fähigkeiten verfüge. Der Drogenbaron hatte die Waffe nicht losgelassen. Er war wohl so perplex, dass er nicht einmal versuchte, sie wieder in meine Richtung zu drehen. Mit genügend Kraft und Willensstärke hätte er meine telekinetischen Fähigkeiten durchaus brechen können. Er unternahm jedoch nicht einmal den Versuch. Tja, und durch die Bewegung seiner Hand, die für ihn völlig unerwartet kam, konnte er leider den Finger nicht mehr vom Abzug nehmen.

Auf die kurze Entfernung gibt das dann eine ziemliche Sauerei. Dafür lässt sich der Tod auch durch einen medizinischen Nicht-Fachmann zweifelsfrei feststellen.

Basti und ich waren uns dann schnell einig: Wir haben einen Schuss aus dem Haus gehört, in dem sich doch eigentlich nur der Drogenbaron aufhalten sollte und sind hereingekommen, um nachzusehen. Aus unbekannten Gründen hat der Kerl seinem Leben selbst ein Ende gesetzt. Es war ja eindeutig seine eigene Waffe, die er noch umklammert hielt.

Wir öffneten die Terrassentüre und behaupteten, durch diese ins Haus gekommen zu sein. Muss ja niemand wissen, wie gut mein Partner darin ist, Schlösser zu knacken.

Noch wichtiger ist allerdings, dass niemand weiß, welche Fähigkeit in mir schlummert. Solange unsere besonderen Fähigkeiten nicht bekannt werden und wir bei unserer Geschichte bleiben, werden wir auch keine Probleme haben.

Zum Glück weiß ich, dass ich mich auf Basti voll und ganz verlassen kann.

# Arsenius und der Bergteufel

Co-Autor: Manfred Polz

Hallo! Komm ruhig näher. Wie du unschwer an meinen dunkelbraunen Hörnern, meiner grauen Hautfarbe und meinem Schwanz mit der scharfkantigen Spitze erkannt hast, bin ich ein Bergteufel. Aber, hey – meistens bin ich sehr friedlich. Komm, spendiere mir ein Altaria-Bräu, dann erzähle ich dir eine Geschichte aus meinem Leben. Einverstanden? - Ja, ich weiß, meinem Charme kann einfach niemand widerstehen.

Danke für das Getränk. Und hier die versprochene Geschichte:

Es muss schon drei oder vier Jahre her sein, als ich mit meinem Raumschiff gerade im Hedon-System unterwegs war.

Mein Raumschiff? Das dunkelgrüne da draußen im Hangar 51. Vielleicht hast du es ja gesehen. Nein? Na, egal. Jedenfalls ist es klein, schnuckelig und mit Vollautomatik. Da ich oft alleine reise, ist der Raumhase genau das Richtige für mich.

Wieso lachst du? Die Raumschiffe dieser Klasse heißen wirklich so. Jedenfalls ist es groß genug, dass man auch mal ein paar Passagiere befördern kann, aber so mit Technik vollgestopft, dass man keine Crew dafür braucht. Doch das nur so am Rande.

So, jetzt pass' auf, es geht los. Also:

In besagtem Hedon-System gibt es den Planeten Raska. Der ist überwiegend von Menschen bewohnt. Ein paar andere Spezies haben sich dort aber auch niedergelassen, so dass ich nicht gar so sehr aufgefallen bin. Also zumindest nicht in dem Maß, dass es unangenehm gewesen wäre. So ein bisschen auffallen macht ja noch Spaß. Noch mehr Spaß hatte ich allerdings mit ein paar Jungs dort. Hey, nicht das, was du jetzt denkst. Nein – einfach in den Bars und Kneipen von Vas Legas rumhängen, zusammen Bier trinken und was die Bar sonst noch hergibt, jeden Abend ein oder zwei andere Mädels für jeden von uns klarmachen – was große Jungs halt gerne so machen.

Jedenfalls wankten wir eines Nachts in Richtung unserer Unterkunft durch die Straßen, jeder ein Mädel im Arm, als plötzlich mitten auf der Straße ein Licht auftauchte. Also, keine Straßenlaterne, die beschlossen hat, zwischendurch mal wieder zu funktionieren – nein, das Licht schwebte mitten auf der Straße. Zum Glück kam gerade keines dieser automatischen Transportshuttles vorbei. Wir starrten alle zu dem Licht hin, das irgendwie pulsierte, größer wurde, dann wieder kleiner und dann – war es weg.

„Wohl doch sufiel gedrungen", lallte einer meiner Kumpels, als das Licht genauso plötzlich wie beim ersten Mal wieder auftauchte. Es pulsierte wieder, wurde erneut größer, und dann kam doch ein Transportshuttle. Was soll ich sagen, es hatte dieses Licht wohl gar nicht wahrgenommen, ist ja vollautomatisch, und fuhr einfach hindurch. Nachdem das halbe Shuttle diese leuchtende Kugel durchquert hatte, war sie schon wieder weg.

Wir hatten uns gegenseitig fragend angesehen, so gut das in der Dunkelheit und mit reichlich Promille im Blut ging. Da keiner etwas mit diesem Ereignis anfangen konnte, beschlossen wir mit einem gleichgültigen Schulterzucken, weiterzugehen. In diesem Moment tauchte das Licht erneut auf und fing wieder an zu pulsieren. Irgendwann ist das nicht mehr so interessant. Schon wollten wir weitergehen, als sich dieses mysteriöse Licht plötzlich eiförmig auf etwa zwei Meter Höhe ausdehnte. Nachdem es erneut erloschen war, stand plötzlich ein Engel da. Groß, leicht schimmernd, eindrucksvolle Schwingen aus perlmuttfarbenen Federn auf dem Rücken, wunderschönes Gesicht, langes, seidiges Haar in goldenem Blond. Hach, ich komme immer noch ins Schwärmen, wenn ich daran zurückdenke. Jedenfalls stand der jetzt da in seiner weißen Toga und sah uns verwundert an, wogegen wir ihn einfach nur hirnlos angeglotzt hatten.

„Ihr könnt mich sehen?"

Blöde Frage, wenn wir ihn gerade alle angaffen, als wäre er von einem anderen Stern - ähm, nun ja ... Aber besoffen, wie wir waren, fiel unsere Antwort auch nicht geistreicher aus. Besser gesagt: sie fiel irgendwie ganz aus, weil wir uns wieder erst ungläubig gegenseitig ansehen mussten. Schließlich brachten wir wenigstens ein Nicken zustande.

„Mist! Was ist denn jetzt wieder schiefgelaufen?" Der Engel sah konzentriert auf den großen hellblauen Stein in seinem silbernen Armband und dupste darauf herum, während wir weiter einfach nur blöd dastanden und die Erscheinung mit offenen Mündern anstarrten. Entsetzt quiekte plötzlich eines der Mädchen: „Das Shuttle!"

Wir warteten alle gespannt, was jetzt passieren würde. Kurz bevor das Shuttle heran war, hatte auch der Engel begriffen, was die Warnung bedeuten sollte und flog einfach nach oben. Da flatterte die schimmernde Erscheinung jetzt und wartete ab, bis das Shuttle unter ihm durchgefahren war. Dumm nur, dass er so hoch flog, dass er mit seinen Flügelspitzen bereits im Luftraum der Schnelltransporter war. Der riss ihm glatt ein paar Federn ab. Durch den Luftzug des Transporters kam der Engel dann ein wenig ins Trudeln, schaffte es aber weitgehend unbeschadet auf den Boden zurück. Nicht wirklich elegant, aber immerhin.

Konsterniert besah er sich seine Flügelspitzen. „Ich bin hier nicht auf Palaiska, oder?"

„Pala... was? Nö. Du bist hier auf Raska. In Vas Legas um genau zu sein", gab ich ihm bereitwillig Auskunft.

Der Geflügelte verdrehte die Augen. „So ein Mist, dann ist mein Portalerzeuger offensichtlich kaputt. Habt ihr vielleicht einen Schlafplatz für mich? Ich schätze, das wird noch etwas dauern, bis mich jemand hier abholt."

„Seit wann braucht ein Engel denn einen Schlafplatz, und wieso kannst du dich nicht aus eigener Kraft dahin bringen, wo du willst?" Der Alkoholnebel wich langsam meiner Neugier.

Würdevoll, also so würdevoll, wie das mitten in der Nacht in einer Toga, mit Sandalen an den Füßen und mit lädierten Flügeln geht, erwiderte das Wesen: „Ich bin kein Engel. Ich bin ein Unsichtbarer und gehöre der Spezies der Schwanesen an. Wir Schwanesen müssen durchaus hin und wieder essen und schlafen und bevorzugen einen angenehmen und geschützten Schlafplatz."

Eines der Mädchen kicherte los. „Du bist aber nicht unsichtbar." Die anderen fielen ebenfalls in das Gelächter mit ein - alle außer mir. Meine Spezies ist generell sehr viel schneller wieder nüchtern, als Menschen, besonders nach eincr solchen Bekanntmachung.

Ja, ich kann dir sagen, warum mir plötzlich mulmig zumute war. Die Unsichtbaren sind ein Zusammenschluss von Assassinen. Theoretisch gibt es keine Rassebeschränkungen bei den Unsichtbaren, es gibt aber Gerüchte, dass die Schwanesen besonders geeignet seien und deshalb relativ viele Vertreter dieses Volkes dort Mitglied sind, wenn nicht sogar alle. Die Unsichtbaren heißen so, weil sie normalerweise genau das sind: unsichtbar. Sie lernen in der Ausbildung, sich so zu bewegen und zu verhalten, dass sie praktisch nicht sichtbar sind. Normalerweise gibt sich ein Assassine nur seinem Opfer zu erkennen, aber fallweise noch nicht einmal das. Wenn also ein Schwanese vor einem steht und sagt, dass er ein Unsichtbarer ist - nun das ist, vorsichtig ausgedrückt, einer langen Lebensdauer nicht wirklich zuträglich. Wenn der dann auch noch bei einem pennen will, ist die Wahrscheinlichkeit, dass man den nächsten Morgen noch erlebt, nicht sehr groß. Auf der anderen Seite sind die Überlebenschancen nicht wirklich besser, wenn man einem Assassinen widerspricht. Ich denke, du verstehst jetzt mein Dilemma. Die anderen waren viel zu besoffen, um das zu bemerken, was die Entscheidung für mich nicht einfacher machte.

Plötzlich grinste mich das geflügelte Wesen an. „Ich sehe dir an, was du gerade denkst. Die Zeit der Assassinen ist aber schon lange vorbei. Bei den heutigen Möglichkeiten der Gerichtsmedizin und was da noch alles dazugehört, ist das kein sehr lukrativer Job mehr. Vor allem, wenn die Behörden wissen, wo sich das Hauptquartier der Unsichtbaren befindet und dann einfach nur dort nachforschen müssen. Verhindern können wir das nicht, so mächtig ist der Orden nicht mehr. Wir haben uns daher schon vor einigen Jahren auf das Geschäft des Begleitschutzes verlegt. Manche wollen ja tatsächlich einen unsichtbaren Begleitschutz. Da kommen sogar mehr Aufträge rein, als zu jener Zeit, zu der wir nur als Mörder gebucht wurden. Mein Name ist übrigens Arsenius."

Der Name beruhigte mich jetzt nicht wirklich. „Warum steigst du nicht wieder in deine Lichtkapsel, oder was immer das ist, und teleportierst dich nach Pala ... dingsda?" Ich versuchte ihn dabei möglichst forsch anzusehen, vermute aber, dass mir das eher suboptimal gelang.

Arsenius lachte: „Palaiska, ist doch nicht schwer. Aber zu deiner Frage: mein Portalerzeuger benötigt zwölf Stunden, bis er wieder aufgeladen ist. Vorher kann ich hier nicht weg. Mein Kommunikator hat sich irgendwie auch entladen. Der müsste in einer Stunde wieder betriebsbereit sein. Ich weiß aber nicht, ob ich dann hier abgeholt werde oder ein anderer den Auftrag übernimmt. Jedenfalls wäre ich um einen Schlafplatz froh. Leider nehme ich zu meinen Aufträgen grundsätzlich keine Zahlungsmittel mit, weshalb ich mir kein Hotelzimmer leisten kann."

Ich wägte unsere Möglichkeiten ab. Wenn dieses Wesen die Wahrheit sagte, war es richtig, ihm für die Zeit seines unfreiwilligen Aufenthaltes ein Dach über dem Kopf anzubieten. Platz genug hatten wir ja in unserer Suite. Wenn dieser Nicht-Engel jedoch gelogen hatte, war es ohnehin besser, erstmal auf seine Bitte einzugehen und dann auf der Hut zu sein. Ich nickte also, um ihm meine Einwilligung zu signalisieren. Die anderen grölten ohnehin nur sinnlos durcheinander, so dass eine koordinierte Absprache mit meinen Kumpels nicht stattfinden konnte.

Wir hatten wahrscheinlich ein seltsames Bild abgegeben, wie wir so durch die Straßen von Vas Legas geeiert sind. Meine eher torkelnden menschlichen Kumpane, die etwas grazileren, aber auch eher mit schwankendem Gang gesegneten Mädels, ich als Bergteufel und neben mir das lebende Abbild eines Engels, der mehr zu schweben als zu gehen schien. Unsere Suite lag ebenerdig, so dass auch die stark Angeheiterten von uns keine übermäßigen Probleme hatten, in ihre Zimmer zu gelangen.

Die nicht. Arsenius jedoch war so damit beschäftigt, die Umgebung zu studieren, dass er sich beim Durchschreiten des Türrahmens zuerst den Kopf leicht anstieß und dann auch noch mit den Flügeln hängen blieb. Er sah nach oben, während ein paar einzelne Federn herabschwebten. „Verdammt, wenn das so weitergeht, bin ich bald kahl!", maulte er verärgert.

Im Hotel hätte es natürlich auch Zimmer mit extra hohen Türen gegeben. Doch da ich selbst einschließlich

Hörner nur etwa einen Meter achtzig groß bin, meine Kumpels auch nicht größer waren und keiner von uns auch nur im Entferntesten damit gerechnet hatte, mit einem Unsichtbaren im Schlepptau ins Hotel zurückzukehren, gab es keine Notwendigkeit, ein Zimmer mit höheren Eingängen als die üblichen knapp zwei Meter zu buchen. Der Engel kam aber halt nur gebückt und mit angezogenen Flügeln durch diese Tür, was ihm mit etwas Mühe dann auch gelang.

Ich wies dem Schwanesen die Couch im Aufenthaltsraum zu, danach verschwand ich mit meinem Mädel in meinem Zimmer. Zu meinem Glück war die Kleine nicht nur betrunken, sondern auch dermaßen müde, dass sie gleich eingeschlafen war, sobald ihr Kopf das Kissen berührt hatte. Mit einem potentiellen Assassinen vor meiner Schlafzimmertüre war ich einfach nicht in der Stimmung für Erotik. Ich dachte mir noch so: ‚Kaum ist ein Engel vor meiner Tür, schon werde ich keusch', als die lange Nacht dann ihren Tribut forderte und ich entgegen meiner Vorsätze ebenfalls einschlief.

Am nächsten Morgen erwachte ich an Kampflärm. Schnell griff ich nach meinem Dolch, denn ganz so billig wollte ich meine Haut dem Assassinen dann doch nicht überlassen.

Nachdem ich die Tür vorsichtig geöffnet hatte, bot sich mir ein unglaublicher Anblick. Ein Bediensteter des Hotels presste sich schreckensbleich, mit angstgeweiteten Augen, offenstehendem Mund und Schweißperlen auf der Stirn an die Wand neben der Eingangstür. Der Servierwagen mit unserem Frühstück war umgestürzt, das Essen, durchmischt von vielen

Scherben, lag in einem matschigen Durcheinander großzügig auf dem Boden verteilt daneben. Vor dem ganzen Desaster stand der Engel, mit Kaffeeflecken auf seiner ehemals weißen Toga.

Als er bemerkte, dass ich mich genähert hatte, drehte er sich abrupt zu mir um. Ich umfasste das Heft meines Dolches fester, sah ihm entschlossen in sein hochrotes Gesicht. Dabei musste ich allerdings erkennen, dass es nicht Zorn war, der ihm das Blut ins Antlitz trieb, sondern allerhöchste, unbeschreibliche Verlegenheit. Eine derart unglückliche Miene hatte ich in meinem Leben noch nie gesehen.

Er hatte dem Kellner doch nur dabei behilflich sein wollen, das Frühstück aufzutragen, berichtete Arsenius in weinerlichem Ton, den Tränen nahe. Er war jedoch gestolpert und hatte dabei den Servierwagen mit dem Essen umgerissen. Wie sich herausstellte, hatte sich der Kellner durch das heranstürzende Wesen angegriffen gefühlt, weswegen er dem Wagen einen zusätzlichen Schubs gegeben hatte, was das Durcheinander nur noch vergrößerte.

Zum Glück konnte das alles geklärt werden. Kurz darauf kam ein Putzgeschwader, um das Chaos zu beseitigen. Der Kellner versprach uns mit zittriger Stimme, ein frisches Frühstück zu bringen.

Danach verschwand ich im Bad, war jedoch noch nicht ganz mit meiner Morgentoilette fertig, als erneut Lärm und Schreie aus dem Aufenthaltsraum drangen. Schnell hastete ich durch die Tür. Arsenius war zwar erneut der Grund für den Tumult, konnte dieses Mal aber nichts dafür. Während ich im Bad gewesen war, waren meine Kumpels aus ihren Zimmern gekommen und hatten das engelsgleiche Wesen entdeckt. Da sie aber keine Erinnerungen mehr an die vergangene Nacht hatten, waren sie erst einmal in Angriffsstellung gegangen, um zunächst verbal über den vermeintlichen Eindringling herzufallen.

Dieses Missverständnis ließ sich dann ebenfalls schnell aus der Welt schaffen.

Als ich dann erklärte, dass es sich bei unserem Gast um einen Unsichtbaren handelte, wäre es fast doch noch zu einer Schlägerei gekommen.

Glücklicherweise wurde kurz darauf das Frühstück serviert, was die Gemüter wieder besänftigte.

„Und – hast du schon jemand erreicht, der dich abholen kommt?", fragte ich ihn zwischen zwei Bissen.

„Für einen kurzen Moment hatte ich jemanden erreicht. Ich konnte mitteilen, dass ich nicht an meinem Zielort angekommen bin. Der Kommunikator muss aber irgendwie einen Schaden haben, er ist dann gleich wieder ausgefallen." Arsenius schaute etwas unglücklich drein.

„Dafür müsste dein Portal ja demnächst wieder einsatzbereit sein", versuchte ich ihn zu trösten, was mir aber nur bedingt gelang.

Nach dem Essen begleitete ich den Schwanesen zum nahegelegenen Park. Um sein Portal zu öffnen hatte er dort mehr Platz als in der Suite. Obwohl wir beide einfach ganz friedlich den Weg entlang liefen, wechselten bei unserem Anblick alle entgegenkommenden Passanten die Straßenseite. Selbst solche, die große und gefährlich aussehende Hunde an der Leine Gassi führten, entschieden sich ihrerseits schon freiwillig dafür, zügig einen Bogen um uns zu machen. Was hierbei mitunter die Frage aufwarf, wer da eigentlich wen an der Leine führte ... Ich muss zugeben, dass ich das schon irgendwie genossen habe.

Im Park angekommen, wollte sich Arsenius überschwänglich für meine Gastfreundschaft bedanken, was mir aber irgendwie peinlich war. Ausweichend drängte ich ihn daher ein wenig, einfach sein Portal zu benutzten. Er stutzte kurz, nickte dann und lief auf die Rasenfläche neben dem Weg. Er wollte es zumindest. In seiner Aufregung übersah er die Einfassung, stolperte und lag der Länge nach auf dem Grasteppich. Insgeheim stellte ich fest, dass eine weiße Toga durchaus etwas ungünstig sein kann. Denn jetzt wies sie nicht nur braune Kaffee- und gelbe Saftflecken, sondern auch noch Grasflecken auf.

Der Engel lächelte verlegen, als er sich wieder aufgerafft hatte. Dann zog er ein goldfarbenes Ei aus der Tasche, fummelte eine Zeit lang daran herum und hielt es anschließend in der ausgestreckten Hand vor sich hin. Das Ei begann zu leuchten, pulsierte eine Minute lang unterschiedlich stark, dann ging das Licht wieder aus. Arsenius fluchte leise und fummelte erneut an dem Ei herum. Um es kurz zu machen: nach dem dritten Versuch ging gar nichts mehr.

Unglücklich sah er mich an. „Es war wohl doch noch nicht ganz geladen. Ich hätte länger warten müssen."

Ich seufzte. „Na dann bleib eben bis morgen bei uns. Die Zeit sollte dann ja reichen, um das Ding wieder aufzuladen." In diesem Moment hatte ich das Gefühl, eine weitere Sonne sei aufgegangen, so sehr strahlte mich der Schwanese an.

Zurück im Hotel fiel mir ein, dass wir an diesem Tag eigentlich dort ausziehen wollten. Meine Kumpels hatten meine wenigen Sachen auch schon gepackt und erwarteten uns bereits in der Lobby. Nachdem ich mit Arsenius zurückgekommen war, verabschiedeten sich die Menschen in aller Knappheit, sichtlich froh, nicht länger mit dem Unsichtbaren zusammen sein zu müssen. In diesem Moment hatte ich Mitleid mit dem Wesen, das recht bedauernswert aus der Wäsche schaute. Um dem Engel eine Unterkunft bieten zu können, beschloss ich, noch einen Tag länger zu bleiben. Als Selbstständiger kann ich meine Zeit schließlich einteilen, wie es mir gefällt. Ich mietete uns daher ein kleineres Hotelzimmer, dafür eines mit extra hoher Tür. Nachdem ich mein Gepäck auf das neue Zimmer gebracht hatte, schnappte ich mir Arsenius, um gemeinsam mit ihm einkaufen zu gehen.

Wir erstanden eine schwarze Lederhose, halbhohe Stiefel und ein dunkelrotes Hemd für ihn. Das Hemd hatte am Rücken sogar einen Ausschnitt für seine Flügel. Also, eigentlich nicht von Anfang an, nach einer unvorsichtigen Anprobe dann doch. Auch wenn seine Kleidung nun zeitgemäß war - unauffällig wurde er dadurch trotzdem nicht.

Im Laufe des Tages musste ich leider feststellen, dass mein Begleiter in Sachen Tolpatschigkeit kaum zu überbieten war. Der Platz im Restaurant, in welchem wir zu Mittag gegessen hatten, sah schon nach kurzer

Zeit reichlich mitgenommen aus. Auch die Nachbartische waren ziemlich bald vereinsamt, nachdem Arsenius sich so unglücklich auf den Stiel seines Löffels lehnte, dass dieser, einem Katapult gleich, einschließlich der darauf befindlichen Tomatensoße zielsicher den Weg zur hellen Seidenbluse der Tischnachbarin fand. Von der umgestoßenen Vase und den verschütteten Getränken will ich gar nicht erst berichten.

Bevor wir das Restaurant verließen, konnte ich den Besitzer mit einer größeren Geldsumme wenigstens soweit besänftigen, dass uns der Weg in die Küche erspart blieb. Nicht, um dort Strafarbeiten zu verrichten, sondern um zubereitet zu werden.

Danach beschloss ich, mit dem Unsichtbaren lieber im Park umherzugehen, in der Hoffnung, dass er dort nicht so viel Unheil anrichten konnte. Abgesehen von dem Jungen, den er beim Wechsel der Straßenseite regelrecht vom Hooverboard fegte und der jungen Frau, der er eigentlich helfen wollte, den Schuh wieder zuzubinden und sie dabei in den Teich stieß, ging die Rechnung auf.

Wieder zurück im Hotel ließ ich uns dann das Abendessen aufs Zimmer servieren. So wurden wenigstens keine Mitmenschen beeinträchtigt. Wobei er ohne die Aufregung, von anderen beobachtet zu werden, auch nicht ganz so fahrig war. Das Essen lief fast gesittet ab. Ich möchte hier jetzt keinen falschen Eindruck erwecken, er weiß schon, wie man sich zu benehmen hat – nur gelingt ihm meist nicht.

An Tag darauf gingen wir nach einem späten Frühstück – das wir natürlich ebenfalls auf dem Zimmer zu uns nahmen – wieder in den Park. Da uns alle, die uns begegneten, von sich aus Platz machten, konnten wir ohne besondere Vorkommnisse unseres Weges gehen.

Bevor ich dich jetzt mit Einzelheiten langweile – weder Portal noch Kommunikator funktionierten, egal wie oft Arsenius es versuchte. Nach dem gefühlten hundertsten Mal setzte er sich voll Verdruss ins Gras, warf die nutzlosen Geräte von sich und fing bitterlich an zu weinen.

Ich wusste erst nicht so richtig, was ich machen sollte. Dann setzte ich mich neben ihn und nahm ihn vorsichtig in den Arm. Etwas umständlich wegen der Flügel, aber es gelang. Nach einigen Minuten, in denen mein Hemd ziemlich nass wurde, berichtete er mir, dass er den Verdacht hatte, man habe ihm extra einen defekten Kommunikator und einen defekten Portalerzeuger mitgegeben, um ihn loszuwerden. Kurz nach Ende seiner Ausbildung hatte er wohl bei einem Attentat den Falschen getötet, wie er berichtete. Nach verschiedenen leichteren Zwischenfällen war ihm bei seinem letzten Auftrag die Person, die er eigentlich hätte beschützen sollen, in sein Schwert gefallen und hatte sich dabei tödlich verletzt. Im Innendienst hatte er auch verschiedene Aufträge durcheinandergebracht, weshalb dann die falsche Person beschützt wurde, was zum Tod des Auftraggebers geführt hatte.

So wie ich ihn die Stunden davor erlebt hatte, konnte ich mir das bildlich vorstellen. Er ist wirklich das lebende Chaos. Trotzdem hatte ich ihn in der kurzen

Zeit irgendwie ins Herz geschlossen – außerdem konnte er ja nirgendwo hingehen und hatte auch nicht die finanziellen Mittel, um sich zur Ruhe zu setzen.

Jedenfalls begleitet er mich seither auf meinen Fahrten. Gut, die kleinen Unfälle, Beinahe-Kollisionen und diversen Schäden am Raumhasen haben seither deutlich zugenommen, aber um ehrlich zu sein: für mich hat es sich trotzdem gelohnt, Arsenius bei mir aufzunehmen, denn ich verdiene meine Brötchen als Weltraumpirat. Mit einem Unsichtbaren an meiner Seite rücken die meisten ihre Wertgegenstände freiwillig heraus, was das Piratenleben sehr viel bequemer macht. Dass der Engel beim Einsammeln der Sachen immer mal wieder stolpert und dann das eine oder andere dabei verliert, ist nicht weiter schlimm; die Einnahmen haben sich trotzdem vervielfacht.

Und sogar die Unfälle haben ihr Gutes: Vor vier Tagen wollte uns ein Raumkreuzer der Polizei-Flotte stoppen. Beim Andockmanöver haben wir ihn jedoch so unglücklich gestreift und beschädigt, dass er uns nicht weiter verfolgen konnte.

Ja, so war das damals ...

Komm, spendiere mir noch ein Altaria-Bräu, ich kenne da schließlich noch so manche Geschichte ... Ah, da kommt mein Partner ja. Halt, warte - wo willst du denn auf einmal so schnell hin? Ich bin mit meinen Erzählungen doch noch lange nicht am Ende.

# WG mit Vampir

Co-Autor: Manfred Polz

Pedros saß an dem stabilen Holztisch mit den vielen Schrammen, der mitten in dem einzigen Zimmer seiner Behausung stand. Gedankenverloren hielt er sich an einem Humpen Bier fest, während er hoffnungsvoll nach links zur neuesten Veränderung seines Heimes blickte. Dort, am hinteren Ende des länglichen Raumes, wo bisher nur sein eigener Schlafplatz gewesen war, hatte er in den vergangenen Tagen Vorhänge eingezogen. So hatte er drei abgeteilte Räume geschaffen; jeder gerade groß genug, dass ein Mann dort auf dem angehäuften Stroh Platz zum Schlafen finden konnte. Aus finanziellen Gründen war es einfach unumgänglich, dass er sich wegen der Miete die Hütte noch mit zwei anderen teilte.

Hoffentlich meldeten sich bald annehmbare Mitbewohner auf seinen Zettel hin, den er in seiner Stammkneipe an die Wand genagelt hatte. Der Wirt sah es zwar nicht gerne, wenn jemand Nägel in die Wände seines Lokals trieb, doch dem großgewachsenen, muskulösen Krieger, der stets sein Schwert mit sich führte, widersprach er lieber nicht, zumal der Söldner ein sehr guter Kunde war.

Als es an der Tür klopfte, dreht er erwartungsvoll den Kopf auf die andere Seite. Pedros erhob sich, strich mit der Hand über das verwuschelte, schulterlange, rabenschwarze Haar; wohl wissend, dass dies an seinem eher grobschlächtigen Äußeren nichts ändern würde; vor allem nicht an der wulstigen Narbe, die sich quer über seine linke Wange bis zum Kinn zog. Dann öffnete er.

Draußen stand ein Mann mit halblangen, schwarzen Locken, den Rücken zum Eingang gewandt, die Hände selbstsicher mit den Daumen am Gürtel seiner Hose eingehakt. Als dieser bemerkte, dass ihm geöffnet wurde, dreht er sich grinsend um: „Hallo Pedros, lange nicht gesehen …"

Hastig wich Pedros zurück, riss sofort sein Schwert abwehrbereit in die Höhe. Hahmed, der dunkelhäutige Mann vor der Tür, war wie Pedros ein Söldner, hatte zumeist auf der gegnerischen Seite gekämpft, allerdings auch schon mehr als einmal direkt gegen ihn.

„Was willst du hier? Los, verschwinde, sonst …", bedrohte er Hahmed zornig, während er ihm die Schwertspitze unter die Nase hielt.

Der Besucher machte einen halben Schritt rückwärts, um die Distanz zu der Hiebwaffe zu vergrößern. Beschwichtigend hob er die Hände. „Ruhig Blut, Mann. Ich will nicht gegen dich kämpfen. Wenn ich dich hätte erledigen wollen, wäre das ohnehin schon längst geschehen. Nein, ich bin hier, weil ich in der Schenke deinen Wisch gesehen habe. Wenn ich die Sauklaue richtig entziffern konnte, suchst du Mitbewohner. Ist da noch was frei?"

Mit zusammengekniffenen Augen musterte Pedros den anderen Söldner kritisch, ließ das Schwert aber sinken. „Du? Warum sollte ich ausgerechnet dich in meine Wohngemeinschaft aufnehmen? Als wir uns das letzte Mal begegnet sind, hättest du mir fast ein Ohr abgeschlagen."

„Fast ist richtig - aber eben nur fast. Du hingegen hast mir tatsächlich den kleinen Finger abgetrennt - hier." Hahmed wedelte mit der vierfingrigen linken Hand vor Pedros' Gesicht herum. „Aber was soll's – wir wissen beide, dass das etwas rein geschäftliches war. Also stell dich nicht an wie ein Mädchen und lass mich endlich ins Haus."

Pedros taxierte den Besucher nochmals gründlich, die letzte Bemerkung ließ er einfach an sich abtropfen. Das breite Gesicht des Dunkelhäutigen wies trotz zahlreicher Schlachten keine nennenswerten Narben auf. Beide Männer hatten jedoch schon gemeinsam das eine oder andere öffentliche Badehaus besucht, weshalb Pedros wusste, dass auch Hahmeds Körper viele Kampfspuren trug. Pedros überlegte: da Hahmed dem gleichen Gewerbe nachging wie er, würde er keine Probleme machen, falls ihn irgendein nachtragender Krieger zu Hause in einen Kampf verwickeln sollte. Vielleicht würde ihm Hahmed sogar beistehen. Wenn es sich in der Vergangenheit ergeben hatte, dass sie auf der gleichen Seite kämpften, verstanden sie sich immer gut. Einen Versuch mochte es daher Wert sein. Nach kurzem Zögern trat der Hausherr zur Seite, steckte sein Schwert wieder zurück und ließ den Besucher eintreten.

„In der ganz linken Kammer schlafe ich", erklärte er. „Du nimmst am besten die ganz rechts, so weit weg von mir wie möglich. Solange wir zu zweit sind, zahlt jeder die Hälfte der Miete. Die Nahrungsmittel werden auch gemeinsam gekauft, die Kosten hierfür ebenfalls geteilt. Ich erwarte, dass du keinen Auftrag annimmst, der beinhaltet, mich umzubringen, solange du hier wohnst; am besten auch sonst nicht. Ich werde entsprechende Aufträge, die dich betreffen sollten, ebenfalls ablehnen. Ist das für dich in Ordnung?"

Hahmed warf einen kurzen Blick in die Kammern, danach besah er sich das Innere des Hauses. Außer dem großen Tisch, der von fünf Stühlen umgeben war, befanden sich in einer Ecke des Hauptraums noch ein kleinerer Tisch mit Wasserkanne und Waschschüssel, in der gegenüberliegenden Zimmerecke eine Truhe mit einem Fass Bier darauf. Unterhalb des Fensters befand sich an dieser Seite des Raums ein Holzherd, der sowohl zum Kochen, als auch zum Heizen diente. Ein zweites Fenster befand sich in der Wand, die nun hinter den Vorhängen lag, genau in der mittleren Kammer. Wenn man diese geöffnet ließ, drang auch von dort Sonnenlicht in den Raum. Insgesamt machte die Unterkunft einen erstaunlich ordentlichen und verhältnismäßig sauberen Eindruck.

„Das kleine Häuschen nebenan – das über der Grube – gehört hier dazu und ist der Abtritt. Ich erwarte, dass der im Bedarfsfall auch benutzt wird", brummte der Hausherr.

„Einverstanden!" Der Neuzugang hielt dem anderen Mann die Hand hin, welcher zur Besiegelung des Vertrags einschlug. Danach holte Hahmed seinen Seesack von draußen herein, um ihn neben Pedros' Truhe zu stellen. Mehr Besitz hatte er nicht. Vielleicht würde er sich irgendwann einmal ebenfalls eine Truhe zulegen,

doch bis jetzt war er mit seinem Seesack gut zurecht-
gekommen.

Schon kurze Zeit später saßen beide Söldner einmütig
bei einem Bier zusammen, um über alte Zeiten zu
reden. „Es ist einfach nicht gerecht!", wetterte Pedros.
„Weißt du noch, die Schlacht bei Hedingsdorf? Da
wurde ich als Held gefeiert, nachdem ich den feind-
lichen Feldherren erschlagen hatte. Doch was habe ich
jetzt davon? Ruhm und Ehre, das ist dann auch schon
alles. Satt macht das aber nicht. Mir bleibt nicht einmal
genügend, um die Miete für das Haus alleine aufzubrin-
gen; jedenfalls nicht, wenn ich weiterhin etwas essen
und trinken will." Er seufzte vernehmlich.

„Wem sagst du das", stimmte ihm Hahmed schwer-
mütig zu. „Ich habe in letzter Zeit sogar hin und wieder
als Leibwächter gearbeitet, nur um über die Runden zu
kommen. Verdammte Friedenszeiten. Kaum ficht man
einen ehrlichen Kampf auf der Straße aus, schon wird
man in den Kerker geworfen. Das weiß ich leider aus
eigener Erfahrung. Es gibt einfach nicht mehr
genügend Schlachten, noch nicht einmal kleinere
Scharmützel, um wirklich gut von dem Sold leben zu
können."

Beide Männer verfielen mit der Hand am Krug in
brütendes Schweigen. Sie waren ohnehin besser mit
dem Schwert und sonstigen Waffen als mit dem Mund-
werk. Schließlich zog der Dunkelhäutige einen Beutel
mit Würfeln aus seinem Wams. Ein kurzer, einver-
nehmlicher Blick, dann begannen sie eine Partie „Atta-
cke", ein sehr beliebtes Würfelspiel bei Söldnern.

Zwischendurch besuchten sie das Gasthaus am Ende der Straße für eine warme Suppe. Als sie ins Haus zurückkehrten, war die Dämmerung schon so weit fortgeschritten, dass sie ihr Spiel bei Kerzenlicht fortsetzen mussten, während sie genüsslich dem Bier zusprachen.

Einige Zeit später pochte es leise. Die beiden Söldner hielten in ihrem Tun inne und sahen sich an. Pedros ging zur Tür, öffnete sie aber misstrauisch nur einen Spalt weit.

Draußen stand eine schmächtige Person, die dem Kämpfer gerade mal bis zur Schulter reichte, dabei sicherlich auch nur die Hälfte wog, wenn überhaupt. Der schwache Lichtschein der Kerze reichte nicht aus, um mehr zu erkennen.

„Was willst du?", fragte Pedros brummig.

„Verzeiht, mein Herr, ich habe gelesen, dass Ihr eine Schlafstätte frei hättet."

„Das hier ist kein Fremdenheim!"

„Aber ja, das weiß ich wohl. Ich wollte schon gerne dauerhaft hier einziehen, also zumindest für die nächsten paar Jahre oder Jahrzehnte."

Jetzt war auch Hahmed zur Tür gekommen. Er zog sie ein Stück weiter auf, wodurch etwas mehr Licht auf den spätabendlichen Besucher fiel. Dieser trug die Kleidung eines einfachen Kaufmannes, seine glatten, schulterlangen Haare waren zu einem Zopf zusammengebunden.

Die großen, muskulösen Söldner musterten den zierlichen Mann. „Bist du wirklich sicher, dass du ausgerechnet bei uns einziehen möchtest?", fragte Pedros schließlich.

„Gewiss, gewiss", beteuerte der Mann vor der Tür. „Ihr beiden scheint mir recht sympathische Zeitgenossen zu sein. Darf ich eintreten? Da ihr zu zweit hier steht, nehme ich an, dass das dritte Zimmer noch frei ist?"

Pedros und Hahmed sahen sich erneut an, anschließend gaben sie den Weg für den Neuankömmling frei.

„Danke." Der schmächtige Mann griff hinter sich, dann bugsierte er eine mannshohe Kiste aus Eichenholz mit einer Leichtigkeit ins Haus, die man ihm bei seiner Statur nicht so ohne Weiteres zugetraut hätte. Bei genauerem Hinsehen erkannten die beiden Söldner, dass es nicht einfach nur eine große Kiste, sondern ein Sarg war. Der neue Mitbewohner bemerkte die überraschten Blicke, was ihn zu einem Lächeln veranlasste.

„Ich bin ein Vampir", erklärte er. Die beiden Söldner warfen sich gegenseitig mit hochgezogenen Augenbrauen einen vielsagenden Blick zu. Auch wenn sie durch diese Ansage etwas unruhig wurden, ließen sie sich dies zunächst nicht anmerken. „Deshalb bin ich sehr erfreut", fuhr der schmale Mann fort, „dass hier noch etwas frei ist. Es ist immer recht schwierig, einen ungestörten Platz für mein ‚Möbel' zu finden. Mein Name ist übrigens Victor. Welches ist mein Zimmer?"

Pedros und Hahmed deuteten beide schweigend auf den mittleren Vorhang.

„Ach, nur ein abgeteilter Schlafplatz...", erkannte Victor etwas enttäuscht. Nachdem er sich die Räumlichkeit genauer angesehen hatte, klang er wieder freudiger. „Nun, warum eigentlich nicht? Ein ganzes Zimmer wäre ohnehin übertrieben gewesen für meine ... Habseligkeiten." Dabei grinste er auf eine Art, die nicht von dieser Welt war, während er die hölzerne Kiste tätschelte.

Die Söldner empfanden dieses Gebaren als äußerst befremdlich, ja, geradezu beängstigend. Sie hatten in ihren Leben wahrlich einiges an Seltsamkeiten erlebt, doch was den beiden soeben begegnet war, trieb sogar ihnen kalte Schauer über den Rücken. Sie konnten nicht umhin, die Distanz zu Victor etwas zu vergrößern.

Schließlich fand Hahmed als erster die Sprache wieder. „Womit verdient ein Vampir wie du denn sein Geld?", wollte er wissen.

Victor war währenddessen damit beschäftigt, mit einer Selbstverständlichkeit seinen Sarg in der freien Kammer zu verstauen, die die Söldner erneut sprachlos werden ließ. Denn von Zuschlag war bisher noch keine Rede gewesen. Da es der Vampir aber offensichtlich ernst meinte, ließen sie ihn gewähren. Zumal damit alle Kammern besetzt waren, was für die Mieteinkünfte von Vorteil war.

Das Stroh hatte er zuvor einfach nach rechts und links unter den Vorhängen hindurchgewischt, er benötigte es ja nicht. Als er damit fertig war, wandte er sich freundlich lächelnd seinen neuen Mitbewohnern zu, um die Frage zu beantworten. „Auch wenn man mir das vielleicht nicht ansehen mag, verdinge ich mich als Auftragsmörder".

Beide Söldner stießen zeitgleich einen entgeisterten Laut aus, wichen dabei instinktiv zwei Schritte zurück. Pedros war schon in Begriff, sein Schwert zu zücken, Hahmed – sowohl im Schwert - als auch im Nahkampf geübt – ging in Abwehrstellung, während sein Blick –

den Vampir stets im Augenwinkel behaltend – auf der Suche nach einer Schlagwaffe durch den Raum streifte, da sich seine Messer noch in seinem Seesack befanden. Doch diese herauszukramen hätte im Zweifelsfall zu viel Zeit gekostet.

„Ach, wie undiplomatisch von mir", stellte Victor betroffen fest, als er erkannte, was er mit seinen Worten verursacht hatte. Verdrossen setze er sich auf das untere Ende seines Sarges, das zum Hauptraum hin zeigte. Den Blick gen Boden gerichtet, fuhr er fort: „Bitte verzeiht meine unüberlegte Äußerung. Vorausschauend Worte zu formen war mir noch nie gegeben." Nun sah er seinen Mitbewohnern in die Augen. „Seid versichert, dass ihr vor mir nichts zu befürchten habt. Auch wenn meine Tätigkeit gemeinhin als verwerflich gelten mag, so bin ich dennoch ein Mann von Ehre. Da ihr mir Unterkunft gewährt, verpflichtet mich mein Kodex, euch gegenüber wohlgesonnen zu sein. Zumal ich auch nicht den geringsten Groll gegen euch hege.

Mein – wie soll ich es nennen ... ‚Geschäftsbereich' liegt bei jenen Individuen, die es gewissermaßen verdient haben, aus dem Leben zu treten. Beispielsweise skrupellose Gewaltverbrecher oder solche, die gar ihrerseits Mörder sind, doch dies aus niedersten Gründen und dabei Elend und Not hinterlassen. Ich hingegen ... ‚beseitige' solchen ‚Unrat', den sowieso niemand vermissen wird".

Diese Worte überzeugten Pedros und Hahmed, sodass sie ihre Kampfstellung wieder aufgaben. Auf eine ganz spezielle Art waren sie ja sogar „Arbeitskollegen". Und Victor übernahm sozusagen die Nachtschicht.

Nachdem dieser Konflikt beigelegt war, luden sie den Vampir dazu ein, etwas mit ihnen zu trinken. Auch wenn es höchstens ein halber Humpen sein würde, was er sich zu genehmigen gedachte, da er ja schon bald mit seiner Arbeit beginnen würde. Zudem war es ein Akt reiner Höflichkeit, denn Bier oder andere Getränke, die Menschen üblicherweise konsumierten, noch dazu alkoholhaltige, gehörten nicht unbedingt zu seinen üblichen Nahrungsmitteln.

„Apropos Vampir ...", warf Hahmed plötzlich nachdenklich ein. „Irgendetwas sagt mir gerade, das dies keine unkomplizierte Spezies ist. Sag, gibt es etwas, auf das wir besonders achten sollten?"

„Ah – gut, dass du fragst. Denn ihr müsst wissen, dass ich kein Sonnenlicht vertrage, weshalb ich dringend darum bitte, meinen Sarg tagsüber stets geschlossen zu halten. Ein wenig Kampflärm oder Ähnliches macht mir nichts aus, solange ich während meiner Ruhephase nicht gestört werde; soll heißen: der Sarg zu bleibt. Ich stopfe mir meist etwas Wachs in die Ohren, dann kann ich auch in lauter Umgebung gut schlafen. Wie ihr vielleicht zu erkennen vermögt, bin ich durchaus pflegeleicht. Die Geschäfte laufen momentan auch recht einträglich, so dass die Zahlungen meinerseits gesichert sind."

So wurde letztlich auch dieser Mietvertrag per Handschlag besiegelt. Danach setzten sich die Söldner zusammen mit Victor an den großen Tisch, um ihr Würfelspiel fortzusetzen. Der Vampir sah zwar interessiert zu, zog es aber vor, nicht mitspielen. Als sich die Menschen schließlich zum Schlafen niederlegten, verließ Victor das Haus, um noch einen Auftrag zu erledigen. 'Dann ist er wenigstens gesättigt, so halten schon die Vorräte länger', dachte sich Pedros. Zufrieden schlief er ein.

Der folgende Tag war sonnig und warm. Nachdem die beiden Söldner auf dem Markt etwas Brot und Rauchfleisch erstanden hatten, beschlossen sie, am Nachmittag gemeinsam auf Arbeitssuche zu gehen. Da Victor ohnehin bis zum Anbruch der Dunkelheit schlafen würde, konnten sie die Hütte abschließen, ohne dass sich der Vampir eingesperrt vorkommen würde.

Wieder zurück in ihrer Behausung hatten die Männer gerade ihre Mahlzeit mit verdünntem Bier die Kehlen hinuntergespült, als die Tür mit Wucht aufgestoßen wurde. Eine attraktive Frau mit langen blonden Haaren, die zu einem Zopf geflochten waren, stand mit den Händen in die Hüften gestützt im Türrahmen. An Kleidung trug sie Hemd, Wams und Hose, dazu kniehohe Stiefel. Ansonsten ein scharfes Kurzschwert in der einen Hand, einen Dolch in der anderen. Es war Cerani, die Geldeintreiberin des hiesigen Geldverleihers Hecot, die nicht nur den Ruf hatte, äußerst geschickt mit den Waffen umgehen zu können, sondern auch eine der effektivsten Geldeintreiberinnen der Gegend zu sein.

„Hey, wie praktisch, dass ich euch gemeinsam antreffe, da kann ich ja zwei Forderungen auf einmal einkassieren."

Die Söldner glotzten die Frau ungläubig an. „Du willst bei uns Geld eintreiben? Uns ist zwar durchaus bekannt, was man über dich und deine Fähigkeiten so erzählt, aber denkst du nicht, dass zwei Söldner gleichzeitig vielleicht doch etwas zu viel für dich sind?" Pedros sah die Frau abschätzig an.

Diese zuckte nur kurz mit den Schultern, dann war sie geschwind wie ein Wirbelwind im Haus, wo sie sogleich vor der Truhe des Hausherrn stand, der sich vor Überraschung schwerfälliger bewegte als üblich. „Moment mal!", rief er erbost, während er sich erhob. Aber bis er bei der der Truhe angekommen war, hatte die Geldeintreiberin diese schon durchsucht „Hm, kein Geld", murmelte sie ernüchtert. Stirnrunzelnd drehte sie sich zu ihm um. „Wieso hast du kein Geld? Wovon lebst du denn? Na ja, kann mir eigentlich egal sein. Dann werde ich wohl mal in diesem Seesack hier nachsehen."

Jetzt sprang auch Hahmed auf. Er griff sich das Jagdmesser, das er beim Essen benutzt hatte. Doch bevor es zum Einsatz kommen konnte, hielt ihm Cerani bereits ihr Kurzschwert mit ermahnendem Blick an den Hals. „Eine falsche Bewegung, und du bist tot. Ich würde zwar lieber mit etwas Geld zu Hecot zurückkehren, aber es geht auch so."

Hahmed grunzte etwas Unverständliches, das die Frau als Zustimmung wertete. Als er daraufhin zurückwich, legte sie ihre Waffen neben sich ab, um den Seesack durchwühlen zu können. Sie legte dabei eine Ungeniertheit an den Tag, als seien die beiden Männer gar nicht im Raum. Schließlich setzte sich Pedros wieder, Hahmed tat es ihm kopfschüttelnd gleich. Er wusste, dass sich nichts Wertvolles in dem Sack befand, also konnte er die Frau auch gewähren lassen, selbst wenn ihm die Art und Weise, in der dies stattfand, deutlich missfiel. Angespannt trommelte er mit den Fingern auf dem Tisch, während er Ceranis Tun genauestens beobachtete.

„Schlimmer als meine Mutter seinerzeit ...", grummelte er ärgerlich.

Plötzlich hielt die Geldeintreiberin inne. Hastig drehte sie den Kopf zur Seite und rümpfte die Nase. „Boh, sag mal, Hahmed, wäschst du deine Klamotten auch mal oder wechselt du sie nur hin und wieder?" Der dunkelhäutige Söldner schwieg, warf jedoch seinem Kameraden einen wütenden Blick zu, der bei dieser Frage grinsen musste.

Nachdem Cerani den Seesack komplett ausgeräumt hatte, ohne etwas Verwertbares gefunden zu haben, nahm sie ihre Waffen wieder in die Hände, bevor sie sich aufrichtete. Argwöhnisch betrachtete sie die beiden Männer, die einvernehmlich beschlossen hatten, die Frau einfach gewähren zu lassen. Beide hatten die wenigen Wertsachen, die sie besaßen, gut am Körper versteckt. Dass die Frau deren sonstige Besitztümer durchwühlte, behagte ihnen zwar nicht sonderlich, doch war geduldig abwarten in jedem Fall mit deutlich weniger Aufwand verbunden, als Blut aufzuwischen und womöglich eine Leiche beseitigen zu müssen.

Die Geldeintreiberin ließ nochmals aufmerksam ihren Blick durch den Wohnraum schweifen, doch ganz offensichtlich war hier nichts zu holen, weswegen sie sich nun die abgetrennten Kammern vornahm. Schwungvoll öffnete sie den ersten Vorhang. Dahinter erblickte sie einen Haufen fast sauberen Strohs sowie eine Wolldecke. Sie überlegte kurz, ob sie das Stroh durchsuchen sollte, entschied sich dann aber dagegen. Sie war lange genug im Geschäft, um zu wissen, dass die Männer nicht so ruhig sitzen bleiben würden, wenn tatsächlich Geld im Stroh versteckt wäre. Andererseits wäre es möglich, dass die ihre Gelassenheit nur spielten, weil sie damit kalkulierten, dass sie das Stroh dann nicht durchsucht würde. Ach, zum Teufel! Sie hatte schließlich nicht den ganzen Tag Zeit, zumal es ja noch einige Kunden mehr gab, die an ihre Rückzahlungen erinnert werden mussten. Außerdem würde sie nicht das letzte Mal hier aufgetaucht sein. So öffnete sie mit einem Ruck den nächsten Vorhang. Verwundert hielt sie kurz inne, weil sie nicht damit gerechnet hatte, in dieser Behausung einen Sarg vorzufinden. „Ist das etwa eure Sparbüchse? Ideen habt ihr..."

Entsetzt schrien beide Männer gleichzeitig: „Nicht öffnen!"

Da hatte sie wohl ins Schwarze getroffen. Mit süffisantem Lächeln legte Cerani beide Hände an den Sargdeckel. Fluchend erhoben sich beide Söldner. Sie rannten so schnell sie konnten auf die Frau zu, doch trotz der kurzen Wegstrecke war sie schneller. Sie hatte den Deckel schon zu Seite geschlagen, bevor die Männer sie daran hindern konnten.

Victor öffnete die Augen und blickte irritiert von der Frau zum hellen Sonnenlicht, das durch das Fenster direkt in seine Schlafstätte schien. Als er die Kammer bezogen hatte, war es draußen bereits finster, so dass er dieses Fenster nicht bemerkt hatte. Daher hatte er es versäumt, eine Verdunkelung anzubringen. Wozu auch? Er war ja davon ausgegangen, dass der Sarg, wie gewohnt, tagsüber geschlossen blieb. Sein Blick ging zurück zu den bestürzten Gesichtern seiner Mitbewohner. „Warum...?", setzte er zu einer Frage an, als auf Höhe seines toten Herzens plötzlich eine Stichflamme emporschoss. Mit verständnislosem Blick zerfiel er augenblicklich komplett zu Asche.

„Ups – da war ja einer drin ... Dann ist wohl gerade wieder ein Zimmer frei geworden", kommentierte die Geldeintreiberin das Geschehen recht emotionslos, während sie die beiden Söldner gespielt entschuldigend anlächelte. Dann wandte sie sich wieder dem Sarg zu. „Mal sehen, was der Gute so bei sich hatte."

Sie tastete die Kleidung ab, die stellenweise etwas angebrannt, aber ansonsten unversehrt im Sarg lag. Die Asche, die vor wenigen Augenblicken noch ein Vampir gewesen war, störte sie dabei nicht. Sie hatte schon in weit Unappetitlicherem nach Wertgegenständen gesucht.

„Meine Güte, du machst aber auch vor gar nichts Halt", bemerkte Pedros.

Cerani sah ihn ungläubig an, dann musste sie herzhaft lachen. „Das sagst ausgerechnet du?" Pedros starrte sie ein paar Augenblicke lang zornig an, wich dann aber brummend ihrem Blick aus. Lachend beschäftigte sich die Frau wieder mit dem Inhalt des Sarges. Schließlich wurde sie fündig. „Oh, da sind ja sieben Goldmünzen. Gut, die nehme ich als Anzahlung." Cerani richtete sich auf. „Bis nächste Woche dann, ihr Zwei. Ich hoffe, ihr habt bis dahin die restlichen Goldstücke beisammen, so viele fehlen ja jetzt nicht mehr."

Um Ihrer Überlegenheit Ausdruck zu verleihen, steckte die Frau ihre Hieb- und Stichwaffen mit einer energischen Bewegung in deren Halterungen zurück, die sie links und rechts an ihren Hüften trug, während sie festen Schrittes das Haus verließ.

Pedros vergewisserte sich, dass die Geldeintreiberin auch wirklich weg war, dann schloss er die Tür. Die beiden Helden sahen sich an: „Ich glaube, wir brauchen einen neuen Zimmergenossen."

„Tja, sieht ganz so aus. Schade, war eigentlich ein netter Kerl."

„Zum Glück hängt der Zettel noch in der Kneipe", brummte Hahmed.

„Und zum Glück hat der Vampir gestern Abend noch die Miete für die nächsten drei Monate bezahlt", ergänzte Pedros lachend. „So haben wir für den Moment genügend Geld für eine kleine Kneipentour und etwas Brennholz für den Winter. Den Sarg können wir auch noch kleinhacken. Eichenholz brennt gut. Und Victor hat bestimmt keine Verwendung mehr dafür.

Da fällt mir ein: was hältst du davon, wenn wir seine Arbeit fortführen? Scheint ja recht einträglich zu sein. Die Welt von ‚Unrat' zu befreien ist doch irgendwie auch unser Metier, nicht war? Wir erledigen das natürlich auf unsere Weise. Da wir nicht so empfindlich sind, müssen wir hierfür ja auch nicht unbedingt des Nachts zugange sein, was andererseits aber auch nicht ausgeschlossen sein muss."

„Hmm..., klingt nicht uninteressant. Komm, lass uns einen trinken gehen, da können wir das genauer bereden."

Mit breitem Grinsen nahm der andere Söldner die Einladung an, dann machten sie sich gemeinsam auf den Weg.

# Erste Begegnung

Er hetzte die Straße entlang, so schnell ihn seine Tatzen trugen. Sein Herz hämmerte wie wild gegen seine Rippen. Dies war weniger der Geschwindigkeit geschuldet, mit der er durch den heruntergekommenen Außenbezirk der Großstadt rannte, sondern schlicht der Panik, die ihn ergriffen hatte, als eine größere Gruppe von Menschen auf ihn zugekommen war. Überwiegend kräftig gebaute Männer mit Glatzen und Baseballschlägern. Verdammt! Er wollte doch unauffällig bleiben. Während er weiter flüchtete, sah er sich gehetzt nach einem Versteck um. In einem Wald wäre das kein Problem gewesen, aber als Bär in einer Großstadt - das war schwierig. Schlitternd kam er zum Stehen und lauschte. Nur der normale Großstadtlärm. Gut. Entweder hatte er die Kerle abgehängt, oder sie hatten etwas Interessanteres gefunden. Trotzdem brauchte er dringend ein Versteck. Er musterte das verwahrloste Haus zu seiner Rechten. Es schien unbewohnt zu sein. Das Kellerfenster stand jedoch offen. Dieses war recht schmal, aber in seiner menschlichen Form müsste er hindurchpassen.

Er sah sich nochmals in alle Richtungen um, konnte aber niemanden entdecken. Vorsichtig trottete er zu dem Fenster und schnüffelte mit seiner feinen Nase. Keine ausgesprochenen Wohlgerüche, aber auch nichts, das ihm gefährlich werden konnte. Er schloss die Augen. Nur einen Moment später kroch ein schlanker, junger Mann mit kurzen, braunen Haaren durch die Öffnung.

Drinnen angekommen ging er in die Hocke, sodass sich sein Kopf unterhalb der Brüstung befand. Angestrengt lauschte er sowohl nach draußen, als auch in den Kellerraum hinein. Nachdem auch weiterhin alles ruhig blieb, ließ die Anspannung etwas nach und er bemerkte, dass seine Beine zitterten. Schnell setzte er sich auf den Boden, zog die Knie an und legte seinen Kopf darauf ab.

Langsam dämmerte ihm, wie schlecht die Situation tatsächlich war, in die er sich durch seine Panikattacke gebracht hatte. Bei der Verwandlung von seiner menschlichen Form in einen Bären war seine Kleidung mit sämtlichem Inhalt zu Boden gefallen. Mit allem, einschließlich Geldbörse, Ausweis und Zimmerschlüssel. Jetzt saß er hier vollkommen unbekleidet im Keller eines verlassenen Hauses und konnte weder in seiner Bärengestalt, noch als splitterfasernackter Mensch einfach zurückgehen. Mist!

Eine halbe Stunde später war draußen noch immer alles ruhig. Zwischenzeitlich hatte er sich soweit beruhigt, dass er wieder einen halbwegs klaren Gedanken fassen konnte. Er stand auf und beschloss, sich im Haus umzusehen. Vielleicht fand er ja irgend etwas, mit dem er sich wenigstens notdürftig bedecken konnte. So könnte er dann nachsehen gehen, ob ein Teil seiner Kleidung oder vielleicht sogar sein Zimmerschlüssel noch dort waren, wo er sie verloren hatte. Auf seine Geldbörse wagte er erst gar nicht zu hoffen.

Gerade wollte er losgehen, als seine sensiblen Ohren ein Geräusch vernahmen. Ein leises Fiepen und ein Rascheln. Als er den Blick hob, sah er in dem Streifen Mondlicht, das durch das geöffnete Fenster fiel, eine Fledermaus an einem alten Lampenschirm hängen. Er wollte schon weitergehen, als er den Blick des kleinen Tieres bemerkte. Dieser war auf eine Art und Weise intelligent, die er nur als menschlich bezeichnen konnte. Von einem Fledermauswandler hatte er noch nie etwas gehört, das hieß aber nicht, dass es die nicht geben konnte.

Gespannt hielt er in seiner Bewegung inne.

Gemächlich schwebte die Fledermaus zu Boden und verwandelte sich dabei in eine männliche Person. Zudem komplett bekleidet! Wie war das möglich?

Während er den Mann erstaunt ansah, lächelte dieser und entblößte dabei zwei kräftige Reißzähne. Ein Vampir! Als ob seine Situation nicht schon schlimm genug gewesen wäre.

Er spürte, wie ihn das Adrenalin erneut in Wallung brachte und verwandelte sich fast schon automatisch wieder in einen Bären. Er würde sein Leben so teuer wie möglich verkaufen. Der Blutsauger würde zumindest einige tiefe Kratzer erhalten, bevor es ihm gelingen mochte, ihn auszusaugen. Kampfbereit stieg er auf seine Hinterpfoten und beobachtete sein Gegenüber, während sich ein tiefes Knurren aus seiner Kehle löste.

Der Kerl lächelte tatsächlich immer noch.

„Ziemlich beeindruckend, das muss ich zugeben", ließ sich der Vampir vernehmen. „Du hättest vorhin gar nicht weglaufen müssen. Als du dich verwandelt hattest, sind die Glatzen panisch in die andere Richtung davon gelaufen.

So konnten meine Freunde dann ganz gemütlich deine Sachen zusammenklauben. Nicht, dass noch jemand auf dumme Ideen kommt. Lena konnte es sich nicht verkneifen, deren Flucht mit dem Handy festzuhalten. Keine Sorge, du bist nicht mit auf dem Film. Ich bin übrigens Vlad. Vlad, der Fünfte. Ich wohne mit ein paar Freunden in einer WG. Wir nennen sie die Freak-WG, weil jeder von uns auf seine Art außergewöhnlich ist. Wenn du möchtest - wir haben noch ein Zimmer frei. Wie heißt du eigentlich?"

Der Bär stand mit geöffnetem Mund da und war viel zu perplex, um antworten zu können.

Vlad grinste immer noch gut gelaunt. „Ich brauch gar nicht so viel Blut, wie unsereins nachgesagt wird und ich habe meine Quellen. Solange du deine Krallen bei dir behältst, brauchst du keine Angst vor mir zu haben."

Plötzlich löste sich die Anspannung bei dem Bären und kurz darauf stand er wieder als Mensch vor dem Vampir. Schüchtern brachte er „Pjotr", über die Lippen.

Blitzschnell stand Vlad direkt vor ihm. Bevor er zurückzucken oder sich verwandeln konnte, spürte er, wie er von dem anderen Mann herzlich umarmt wurde.

„Warte hier, ich hol dir deine Sachen. Dann können wir uns irgendwo gemütlich unterhalten." Und schon war der Vampir aus der Kellertür draußen.

Pjotr blieb nicht viel Zeit, über das Gehörte lange nachzudenken. Schon zwei Minuten später stand Vlad wieder im Kellerraum, diesmal mit Pjotrs Kleidung über dem Arm.

Während er sich ankleidete, hörte er die Worte, auf die er schon seit seinem Zuzug vor drei Monaten gewartet hatte:

„Willkommen in Bär-Lin, Pjotr!"

# Edre - Abenteuer in der Spiegelwelt

Co-Autor: Manfred Polz

Kathrin, eine achtundzwanzigjährige Frau mit schulterlangen, braunen Haaren und grün-grauen Augen, hüpfte ausgelassen durch den Wald, der üppig in den unterschiedlichsten Grüntönen leuchtete. Endlich war die Diplomarbeit geschafft, jetzt konnte das Leben beginnen!

Zunächst war sie nicht sicher gewesen, ob sie sich zur Feier des Tages in das neu eröffnete Eiscafé setzen sollte, um einen richtig großen Eisbecher zu schlemmen, oder ob sie an diesem wunderschönen Frühsommermorgen mit strahlend blauem Himmel, geschmückt mit ein paar einzelnen, weißen Wölkchen, nicht doch lieber in aller Ruhe durch den alten Eichenwald spazieren gehen wollte, der schon seit jeher einer ihrer Lieblingsplätze war.

Kurzentschlossen packte sie vier Müsliriegel und eine kleine Flasche Mineralwasser in einen Rucksack, damit sie etwas Proviant für den Vormittag dabei hatte, bevor sie mit ihrem betagten VW Käfer zum Waldparkplatz hinter der Anhöhe am südlichen Stadtrand fuhr, um von dort aus einfach loszulaufen, ohne bestimmtes Ziel, einfach immer der Nase nach. Der Gedanke, dass sie sich verirren könnte, kam ihr schon seit sehr langer Zeit nicht mehr, dafür war sie schon viel zu oft hier gewesen.

Nach der Ankunft nahm sie das Bündel auf den Rücken, auch wenn dies kaum etwas wog. Aber es war ihr lieber, wenn sie die Hände freihatte.

Nach einer Viertelstunde gemütlichen Fußmarsches fand sie sich auf einer kleinen Lichtung wieder. Die Strahlen der Sonne fielen in nahezu mystischer Weise durch die Blätter der Bäume auf die verschiedenen Wildblumen und Kräuter, die hier den Waldboden zierten. Kathrin blieb stehen, legte entspannt den Kopf in den Nacken. Während sie die Arme ausbreitete, sog sie mit geschlossenen Augen genussvoll die milde Luft durch die Nase ein, die so herrlich nach einer Mischung aus Erde, Moos, Laub und Blüten roch. Das Zwitschern und Rufen der Vögel, das durch den Forst hallte, vervollständigte die Harmonie. Ein zufriedenes Lächeln breitete sich auf ihrem Gesicht aus, sie wurde ganz ruhig. ‚Aahh, ist das schön …'.

Als sie nach mehreren Minuten die Augen vorsichtig wieder öffnete, fiel ihr Blick auf den alten, knorrigen Baum in der Mitte der Lichtung, der nur noch an den äußersten Enden der Äste ein paar Blätter trug, die anzeigten, dass er noch nicht vollkommen verdorrt war, ansonsten war er kahl. Dafür hatte er eine ganz besondere Rinde: auf der einen Seite des Stammes war diese hellbeige und sehr glatt, auf der anderen Seite rau und eher grau-braun. In etwa drei Metern Höhe befand sich eine Astgabel, die wie ein umgedrehter Torbogen geformt war. Sie starrte den Baum an, als Erinnerungen an längst vergangene Tage in ihr hochstiegen. Ihr wurde bewusst, dass sie offensichtlich schon sehr lange nicht mehr in diesem Teil des Waldes gewesen war. Als Kind wollte sie diesen Baum immer hochklettern, ihre Großmutter hatte ihr das aber strikt verboten. Kathrin hörte noch die Ermahnungen, als wäre es gestern gewesen: „Wer durch die Astgabel schreitet, wird in einer anderen Welt erwachen, doch nie wieder zurückkehren." Was für ein ausgemachter Unsinn! Nun gut, Oma Ulrike war professionelle Märchenerzählerin gewesen, da musste man mit so etwas ja eigentlich rechnen. Doch die Vehemenz, mit der sie Kathrin davon abgehalten hatte, auf diesen Baum zu klettern, war selbst vor diesem Hintergrund etwas zu viel gewesen. Aber wahrscheinlich hatte Großmutter einfach nur Sorge gehabt, dass ihre Enkeltochter vom Baum fallen und sich dabei ernsthaft verletzen könnte. Bis dann ein Krankenwagen in diesen entlegenen Winkel des Waldes gelangt wäre, hätte viel zu lange gedauert. Schon alleine deshalb, weil es zu Omis Zeiten ja noch gar keine Mobiltelefone gab, wie Kathrin nach kurzem Grübeln einfiel.

Mit einem verschmitzten Lächeln auf ihren Lippen betrachtete sie den Baum. „Liebe Großmutter", murmelte sie halblaut, „du bist nie den einfachen, geraden Weg gegangen, sondern hast immer das gemacht, was du für richtig hieltest. Dir zu Ehren werde ich nun durch diese verwünschte Astgabel klettern."

Mit einer Hand am Stamm umrundete sie den Baum, um ihn nochmals von allen Seiten anzusehen. Dann beschloss sie, von der borkigen Seite aus hochzuklettern. Der Aufstieg war wesentlich leichter als gedacht, in Windeseile hatte sie die Astgabel erreicht. Bevor sie ihr Vorhaben in die Tat umsetzte, atmete sie nochmals tief durch. ‚Erwarte das Unerwartete', machte sie sich selbst Mut, während sie hindurch stieg. Weil es während des Durchschreitens weder blitzte noch donnerte oder sonst irgendwie rumorte, war sie beinahe ein wenig enttäuscht, als sie auf der anderen Seite der Gabel wieder herauskletterte. ‚Ja – und jetzt?', ging es ihr durch den Sinn. ‚Was war denn daran nun so schlimm?'

Dann hangelte sie sich langsam wieder hinunter. Während des Abstiegs konnte sie sich ein albernes Lachen nicht verkneifen. „Tja, Oma, ich hab's getan und mir ist nichts passiert."

„Mit wem sprichst du?", erklang eine männliche Stimme hinter ihr. Kathrin fuhr erschrocken herum, klammerte sich krampfhaft an den Ästen fest, um nicht abzustürzen. Sie sah angestrengt in die Richtung, aus der diese Stimme kam, konnte aber wegen der vielen Zweige und Blätter nichts Genaues erkennen.

„Wer ist da?", fragte sie ängstlich, bekam jedoch keine Antwort. Dann wunderte sie sich über den üppigen Bewuchs. Der war doch vorhin noch nicht da – das konnte sie doch nicht einfach übersehen haben? Nachdem sie sich wieder ein wenig gefasst hatte, kletterte sie weiter hinunter, bis sie sich nur noch wenige Zentimeter über dem Erdboden befand, die sie mit einem kleinen Sprung überwand. Bei dem Anblick, der sich ihr nun bot, blieb sie wie erstarrt mit offenem Mund stehen.

„Was glotzt du denn so blöd? Hast du etwa noch nie einen Hasen gesehen, oder was?"

Kathrin nickte stumm, um gleich darauf den Kopf zu schütteln. Das, was da vor ihr stand, überstieg einfach ihr Fassungsvermögen. Ein Hase, fast so groß wie sie selbst, stand aufrecht auf den Hinterbeinen, bekleidet mit einer blauen Latzhose.

In seiner Rechten hielt er einen Korb, voll mit Möhren, Pilzen und kleinen Wurzelstücken. Zudem konnte dieser Hase sprechen!

Jetzt schüttelte der Hase den Kopf. „Es ist doch immer das Gleiche mit euch Menschenkindern. Erst springt ihr von der Neugierde getrieben durch das Portal, und dann seid ihr schockiert, dass es tatsächlich funktioniert hat und schreit nach eurer Mama. ‚Räbä- äh, ich will heim!'", sprach er mit gespielt weinerlicher Stimme. „Das ist dann meist das Nächste, was kommt."

Kathrin schaute sich um. Die Lichtung war auf einmal irgendwie kleiner, der Wald dunkler und dichter als noch vor ein paar Minuten. Auch der Bachlauf am Rande der Lichtung war vorhin noch nicht da gewesen.

Ihre Augen weiteten sich, Entsetzen machte sich in ihr breit. Sollte Großmutter etwa doch recht gehabt haben? Während sie sich ängstlich geduckt in alle Richtungen umsah, fragte sie ihr Gegenüber: „Bin ich jetzt in Alice's Wunderland?"

Der Hasenmann verdrehte die Augen. „Ach komm, hast du etwa Fliegenpilze genascht, oder was? Sind die Größenverhältnisse hier irgendwie verschoben? Eindeutig: nein. Du bist auf Edre."

„Edre", echote sie in einer Weise, die ihn eindeutig erkennen ließ, dass sie damit überhaupt nichts anfangen konnte.

„Ja, Edre", wiederholte er etwas genervt. „Ursprünglich eine Spiegelwelt zur Erde. Aber nach allem, was ich über die andere Seite so weiß, haben sich die beiden

Welten nicht ganz gleich – beziehungsweise spiegelbildlich – entwickelt."

Kathrin nickte und versuchte sich an einem Scherz, um ihre Unsicherheit zu überspielen. „Immerhin nicht Atlantis," kicherte sie etwas verlegen.

Erneut schüttelte der Hase den Kopf. „Hättest du dort hingewollt, hättest du die Astgabel von der anderen Seite her durchschreiten müssen." Er seufzte tief über so viel Unwissen. „Bringen die euch in eurer Welt denn gar nichts mehr bei?"

Jetzt wurde ihr richtig unheimlich zumute. Das mit Atlantis hätte doch bloß ein Scherz sein sollen! Wie hätte sie denn ahnen können, dass ...

„Ja, also ... dann, äh - nichts für Ungut. Ich kletter dann mal wieder auf meine Seite rüber. War nett, dich kennenzulernen – aber ich muss jetzt wirklich los."

„Na, hab ich's nicht gesagt ... kaum da, schon heißt es wieder: ‚ich will nach Hause'. Aber, weißt du, Schätzchen, so einfach ist das leider nicht, denn dieser Baum hier ist nur ein Eingang. Wenn du zum Ausgang willst, der dich zurück in deine Welt führt, musst du durch das Katzengebiet."

Kathrin starrte den Hasen nochmals an, als wäre er ein Wesen von einer anderen Welt, dann drehte sie sich um und bestieg eilig wieder den Baum. Hastig zwängte sie sich durch die Astgabel, um so schnell wie möglich auf der anderen Seite wieder herunterzukommen. Kaum hatten ihre Füße den Boden berührt – stand sie erneut dem Hasen gegenüber.

Der sah sie fragend an, legte dabei den Kopf ein wenig schräg und sprach: „Hast du es irgendwie mit den Ohren?"

Jetzt fielen ihr wieder die Worte ihrer Großmutter ein: ‚ ... und kamen nie mehr zurück ...'. Mit einem Mal fühlte sich Kathrin entsetzlich alleine und mutlos. Sie ließ sich mit dem Rücken gegen den Baum fallen, während sich ihre Augen mit Tränen füllten.

Der Hasenmann schüttelte wieder den Kopf, während er in seine Hosentasche griff und ein nahezu sauberes Taschentuch herauszog, das er ihr reichte. „Nicht verzweifeln, Kleine. Wie gesagt: es gibt einen Ausgang. Der ist aber im Katzengebiet. Wenn du möchtest, bringe ich dich bis zum Rand dieser Region. Weiter kann ich dich allerdings nicht begleiten. Die Katzenwesen respektieren zwar die Grenze, doch wenn sich etwas Jagbares hinüber wagt – nun, es sind eben Fleischfresser. Ob sie Menschen als jagbares Wild ansehen oder nicht, wirst du selbst herausfinden, falls du zum Ausgang gelangen möchtest. Ach ja, mein Name ist übrigens Theobald. Du kannst mich Theo nennen."

Er wechselte den Korb in die Linke.

Vorsichtig ergriff die junge Frau die entgegengestreckte Pfote. „Kathrin", stellte sie sich ihm vor. Nach einer kurzen Pause lächelte sie den Hasen zaghaft an. „Es wäre schön, wenn du mich bis zur Grenze bringen könntest. Ich hoffe, ich finde dann dort jemanden, der mir sagen kann, wie ich zum Ausgang komme. Was sind denn das für Katzen?"

„Komm mit, ich erkläre es dir unterwegs." Damit setzte sich Theo in Bewegung, Kathrin folgte ihm.

Nach einem kurzen Fußmarsch, vorbei an ein paar Bäumen und Sträuchern, hatten die beiden die Straße erreicht. Einige Meter weiter stand in einer kleinen

Parkbucht sein alter, klappriger Pritschenwagen in möhrenorange. Ein dreirädriger Zweisitzer mit Zweitaktmotor, auf dessen Ladefläche sich mehrere Weidenkörbe befanden, bis obenhin gefüllt mit Kohlköpfen.

„Ich war gerade auf dem Weg zum Markt", erklärte er, „wollte aber im Wald noch schnell ein paar Pilze und Wurzeln für das Abendessen sammeln, als ich ein seltsames Geräusch gehört hatte. Es war wie ein Brummen und Knistern gleichzeitig. Weil ich so etwas noch nie zuvor gehört hatte, bin ich dem gefolgt. Dann habe ich dich entdeckt. Auch wenn mir die Portale bekannt sind, hatte ich seither noch nie so direkt erlebt, dass jemand hindurch kam. Eigentlich schade, dass du gleich wieder gehen willst. Es wäre bestimmt interessant gewesen, etwas aus deiner Welt zu erfahren. Aber wenn es dein Wunsch ist ... So, da wären wir. Setz dich rein, die Tür ist offen." Der Hase ging um das Gefährt herum zur Fahrertür.

„Ah, Linksverkehr", stellte Kathrin fest, als sie die Beifahrertür öffnete.

„Ich sagte doch, dass das hier eine Spiegelwelt ist", brummte ihr Fahrer.

Die Menschenfrau plumpste in den deutlich gebrauchten Sitz, um gleich wieder mit einem spitzen Schrei aufzuspringen. Dabei stieß sie sich den Kopf am Autohimmel, wobei sie einen kurzen Fluch nicht unterdrücken konnte.

„Was hüpfst du denn hier herum wie ein Känguru?", fragte Theo amüsiert.

„Ach, verdammt, ich habe mich direkt in eine herausstehende Polsterfeder gesetzt", beklagte sich Kathrin.

„Nun, ich habe zwar eine große Familie, aber leider nur ein kleines Einkommen. Ein neueres Gefährt ist daher nicht drin. Setzt dich wieder und hör zu. In etwa einer Stunde sind wir an der Grenze, da werden ein paar Informationen sehr wertvoll für dich sein."

Kathrin versuchte vorsichtig, eine Sitzposition zu finden, bei der die Stahlfeder nicht so unangenehm in ihr Gesäß drückte. Knatternd startete das Lieferwägelchen. Die Fahrt verging wie im Flug, denn die Kiste war erstaunlich flott unterwegs, was ihr die junge Frau aufgrund des kleinen Motors gar nicht zugetraut hätte. Theobald war ein guter Erzähler, weshalb Kathrin wie gebannt an seinen Lippen hing. Vieles von dem, was sie hörte, klang wie eine abgefahrene Fantasygeschichte. Wäre es das gewesen, hätte sie sich bestens unterhalten gefühlt. So jedoch wurde sie immer unruhiger. Unter den Geschöpfen des Katzengebietes hatte sie sich ursprünglich süße Stubentiger vorgestellt. Mit ein paar Streicheleinheiten wäre sie bestimmt bald durch deren Gebiet hindurch und wieder zu Hause gewesen. Wie sie jedoch zu ihrem Entsetzten erfahren musste, handelte es sich bei den Katzenwesen um aufrecht gehende, intelligente und vor allem fleischfressende Panther und Pumas. Ebensowenig aufmunternd war, als Theo nach einem musternden Blick meinte, dass sie mit solch dünnen Beinchen wahrscheinlich nicht schnell genug wäre, um den Katzen entkommen zu können, sollte sie von ihnen gejagt werden. Außerdem würde sie gut und gerne drei bis vier Stunden benötigen, um zum Ausgang zu kommen.

Als sie an der Grenze ankamen, war Kathrin erneut den Tränen nahe. Warum nur hatte sie nicht auf ihre Großmutter gehört?

Theobald stellte das Fahrzeug am Straßenrand ab, die beiden Reisenden stiegen aus. Von einer Anhöhe aus betrachtete die junge Frau halb neugierig, halb besorgt das vor ihr liegende Gebiet, als sie plötzlich mit einem spitzen Schrei zurückwich. „Ieks! Sag mal, was machst du denn da?", fragte sie entgeistert. Theo hatte vom Kohl ein paar Blätter abgerissen, um Kathrin damit abzureiben. „Ist das irgend so ein Hasenabschiedsritual?"

„Ach Quatsch. Nein – ich dachte nur daran, dass die Katzen Fleischfresser sind und kein Gemüse mögen. Kann sein, dass du für sie uninteressant bist, wenn du nach Kohl riechst. Dann fressen sie dich vielleicht nicht sofort."

Kathrin starrte den Hasenmann einen Moment lang ungläubig an, ließ dann aber die Prozedur über sich ergehen. Vielleicht würde es ja tatsächlich etwas helfen; und sie konnte wahrlich jeden Trick und jedes bisschen Glück gebrauchen, wenn sie wieder heil zu Hause ankommen wollte.

Nachdem dieser Vorgang abgeschlossen war, grummelte plötzlich ihr Magen deutlich hörbar, denn die letzte Mahlzeit war ja ihr Frühstück gewesen, was nun schon einige Zeit zurücklag. Dass sie so lange außer Haus sein würde, war schließlich nicht geplant. Um diese Tageszeit wollte sie sich in ihrer Küche eigentlich schon längst etwas Leckeres gebrutzelt haben. Überrascht schaute Theobald die junge Frau an. „Du solltest etwas essen", bemerkte er amüsiert.

„Na so was – den Gedanken hatte ich eben auch", antwortete sie lachend. „Wie gut, dass ich etwas dabei habe".

Sie nahm ihren Rucksack ab, um einen der Müsliriegel herauszuholen.

„Igitt, was ist das denn?", fragte Theobald entsetzt. „Das wirst du doch nicht tatsächlich in den Mund nehmen wollen?"

Kathrin sah verwirrt zwischen Hase und Müsliriegel hin und her, denn sie konnte nicht verstehen, was damit nicht in Ordnung sein sollte.

„Nee, nee – pack' das mal lieber wieder weg; das sieht ohnehin nicht so aus, als ob es gesund wäre. Hier, das ist das Richtige für dich", womit er ihr aus seinem Korb zwei frische Möhren mitsamt Kraut reichte.

Kathrin sah ihn zunächst etwas unentschlossen an, doch als sich ihr Magen geräuschvoll wieder in Erinnerung brachte, erleichterte es ihr die Entscheidung, diese orangefarbenen Wurzeln zu verspeisen. Dankend griff sie zu. Außerdem wollte sie den Hasenmann ja auch nicht kränken.

Nach dem Genuss – oder besser: Verzehr des Gemüses war der Hunger gestillt. Auf den krautigen Teil hatte sie allerdings verzichtet.

Nachdem sie den letzten Bissen hinuntergeschluckt hatte, ging sie auf den Hasen zu, umarmte ihn zum Abschied und bedankte sich für seine freundliche Hilfe.

„Solltest du eines Tages doch wieder hier auftauchen, frag einfach nach Theo mit dem möhrenfarbenen

Lieferwagen, dann wird man dir garantiert weiter-helfen. Wie du nach Edre kommst, weißt du ja nun. Ich würde mich echt riesig freuen."

Es entstand eine Pause. Verlegen lächelnd sahen sie einander an, weil keiner den Mut aufbrachte, Lebewohl zu sagen. Nach Minuten, die ihnen wie eine Ewigkeit vorgekommen waren, gelang es Theo endlich, sich los-reißen.

„Tja, also ... es hat mich wirklich sehr gefreut, deine Bekanntschaft gemacht zu haben, aber leider muss ich nun dringend weiter, wenn ich die Ladung Kohl noch zu einem halbwegs akzeptablen Preis loswerden möchte. Ich wünsche dir alles Gute, Mädchen!"

Damit setzte er sich rasch in seinen Wagen, um den Weg zum Markt wieder aufzunehmen. Doch Kathrin blieb nicht verborgen, dass in seinen Augen Tränen geglitzert hatten, was die Eile erklärte. Während er los-fuhr, hupte er zweimal kurz zum Gruß, winkte ihr abschließend mit erhobenem Arm durch das geöffnete Seitenfenster zu. Die junge Frau winkte zurück und schaute wehmütig noch eine ganze Zeit in seine Rich-tung, auch nachdem er schon längst außer Hör- und Sichtweite war.

Kathrin seufzte tief. Zwar wollte sie im Grunde so schnell wie möglich zurück nach Hause, doch hatte sie Theo in der kurzen Zeit, in der sie mit ihm zusammen war, lieb gewonnen, weshalb sie ihn bereits jetzt schon vermisste. Wohl auch deshalb, weil sie nun wieder völlig alleine war in einem Land – oder vielmehr: in einer Welt, die sie überhaupt nicht kannte, in der sie nicht den Hauch einer Ahnung hatte, was sie erwarten würde, von der sie bis vor Kurzem noch nicht einmal wusste, dass es sie überhaupt gab. Das war schwer zu verkraften.

Nun holte sie doch noch einen Müsliriegel aus ihrem Rucksack, um ihn genüsslich zu knabbern. Sie würde Theo damit ja nun nicht mehr beleidigen. Die Möhren mochten zwar den Hunger vertrieben haben, doch erst nachdem sie die getreidehaltige Süßware gegessen hatte, fühlte sie sich auch gesättigt.

Als sie sich wieder dem Gebiet zuwandte, in welchem nach Aussage des Hasenmanns der ersehnte Durchgang zu ihrer Heimatwelt lag, verkrampfte sie innerlich. Ein einziger, riesiger Wald, der so weit reichte, dass sie dessen Ende gar nicht mehr sehen konnte, erstreckte sich vor ihr. Zwar musste Kathrin zum Glück nicht gar so viel Wegstrecke bewältigen, dennoch war ihr höchst unwohl bei dem Gedanken, die nächsten Stunden wehrlos diesen Katzenwesen ausgeliefert zu sein. Ob der Kohlgeruch tatsächlich eine abschreckende Wirkung haben würde, würde sie hoffentlich gar nicht in Erfahrung bringen müssen.

Während sich auf der linken Seite Berghänge aneinanderreihten, in denen die Pumas versteckt umherschlichen, flachte die Landschaft rechts davon ziemlich schnell in eine Ebene ab. Dies war die Heimat der Panther. Auch wenn der kürzeste Weg zum Ausgang an der Grenze zwischen diesen beiden Territorien verlief, bedeutete dies noch lange nicht, dass er auch schnurgerade und eben sein würde.

Über dem Wald flimmerte die warme Luft in der Mittagssonne. Um allen Mut zu sammeln, atmete die junge Frau einmal tief durch.

„Also gut, dann los jetzt!" Mit diesen Worten machte sie sich auf den Weg, den Blick auf den weit entfernt liegenden Berg gerichtet, der an seiner Spitze eine runde Öffnung aufwies. Dies sollte ihr Ziel sein. Nach Aussage des Hasenmanns war dies der ersehnte Ausgang.

Allseits von Forst umzingelt verlief die erste Stunde Fußmarsch ohne nennenswerte Vorkommnisse, auch wenn das Vorankommen alles andere als einfach war. Kathrin versuchte, sich am Stand der Sonne zu orientieren, wodurch sie mitunter gezwungen war, sich durch dichtes Unterholz zu zwängen sowie mühsam über zahlreiche umgestürzte Bäume zu klettern, wollte sie den Kurs nicht aus den Augen verlieren.

Kurze Zeit später gelangte sie zu einer Art Weg, der eigentlich eher eine nur vage erkennbare Schneise im Unterholz war. Es hatte den Anschein, als sei dieser Pfad in früheren Tagen häufiger benutzt worden, da sich der Boden hier deutlich fester anfühlte, war aber mittlerweile wieder von allen Seiten mit Gestrüpp überwuchert. Dennoch war es erheblich leichter, sich durch dieses verhältnismäßig lichte Buschwerk hindurch zu kämpfen als querfeldein durch den Wald. Zudem erschien es ihr sicherer – oder besser gesagt: weniger unsicher, hier entlangzugehen, auch wenn sie sich nicht so recht erklären konnte, warum. Vielleicht alleine deswegen, weil sie hier deutlich schneller vorankam. Kathrin beschloss, diesem Pfad zu folgen, solange die Richtung halbwegs stimmte.

Der Marsch gestaltete sich letztlich doch einfacher und ungefährlicher, als ursprünglich angenommen, weswegen sich bei der jungen Frau die Anspannung endlich etwas zu legen begann. Da vernahm sie plötzlich heftiges Keuchen und Stöhnen. Vor Schreck blieb sie wie angewurzelt stehen, die Entspannung war augenblicklich wieder verflogen, weil sie diese Geräusche überhaupt nicht zuordnen konnte. Ihr erster Gedanke war, dass sie nun doch bei mindestens einem dieser Katzenwesen auf dem Speiseplan stand. Als die Geräusche jedoch nicht näherkamen, versuchte sie, diese zu orten.

Nachdem sie ungefähr die Richtung ausgemacht hatte, aus der diese stammten, schlich sie mit klopfendem Herzen vorsichtig näher. Dies mochte vielleicht unklug sein, doch das Verlangen, zu wissen, wer oder was dieses Keuchen und Stöhnen verursachte, überwog. Außerdem diente es dazu, die Situation besser abschätzen zu können, rechtfertigte sie ihre Neugierde vor sich selbst.

Durch das Gestrüpp hindurch konnte sie zwei Gestalten mit Katzenköpfen ausmachen.

Eine mit beigefarbenem Fell lag mit dem Rücken auf dem Boden, die Beine weit von sich gestreckt, während sie von einer mit schwarzem Fell, auf ihr liegend, fest umschlungen gehalten wurde. Beide bewegten sich dabei rhythmisch im Gleichtakt. Um dieses Fellknäuel herum lagen weit verstreut zahlreiche Stofffetzen, was vermutlich einmal deren Kleidung gewesen war. Als Kathrin die Ursache der Geräusche erfasst hatte, zog sie sich schnell wieder zurück, denn solange die zwei miteinander beschäftigt waren, würde sie von ihnen hoffentlich nicht bemerkt werden.

Die junge Frau war bereits ein gutes Stück weitergekommen, als sie mit einem Mal ein anhaltendes, beunruhigendes Rascheln in unmittelbarer Nähe bemerkte. Erneut blieb sie stehen, drehte sich vorsichtig um, spitzte die Ohren und durchsuchte mit angestrengtem Blick das Dickicht. Doch es war nichts Ungewöhnliches zu erkennen. Außerdem war es nun wieder ruhig. Zu ruhig. Auch wenn ihr dies verdächtig vorkam, konnte sie sich jetzt nicht weiter damit beschäftigen. Schließlich musste sie zusehen, dass sie schnellstens den Berg erreichte, bevor es dunkel wurde, denn sonst wäre sie verloren. So setzte sie ihren Marsch fort. Zu Tode erschrocken stieß sie einen gellenden Schrei aus, als jenes Katzenwesen mit dem hellen Fell plötzlich vor ihr auf den Weg sprang, sich in ganzer Größe aufstellte und sie mit grimmigem Blick anknurrte. Kathrin hätte es beinahe auf den Hosenboden gesetzt, als ihre Knie nachgaben.

„Erwischt!", grollte das Wesen, als es langsam auf sie zukam. Es überragte die Menschenfrau um mehr als einen Kopf. „Jetzt müssen wir dich leider töten, weil du unser Geheimnis kennst."

Es schien, als wäre dies das Katzenweibchen. Demzufolge war ihr ‚Kamerad' mit dem schwarzen Fell ein Kater, sofern diese Bezeichnungen auch in dieser Welt gebräuchlich sein sollten.

Kathrin versuchte, rückwärts auszuweichen, rempelte dabei gegen dieses Wesen mit dem schwarzen Fell, das mindestens genau so groß war wie das andere. Sie zuckte zusammen und stieß erneut einen Schrei aus.

Die beiden Panther schüttelten den Kopf, weil ihnen von diesen Schreien ihre empfindlichen Ohren klingelten.

„Sag mal, kannst du auch noch etwas anderes?", brummte der Panthermann verärgert, während er seine Ohrmuscheln massierte. „Obwohl – ist jetzt eigentlich auch nicht mehr wichtig."

„Was wollt ihr von mir? Lasst mich in Ruhe, ich habe euch nichts getan" wimmerte sie. Ihr Blick wechselte rasch zwischen den beiden Katzen hin und her.

„Nun, du hast uns gesehen, wie wir miteinander ... kommunizierten. Und wir können nicht zulassen, dass du uns verpetzt."

Kathrins Angst wandelte sich in Zorn.

„Ach, so ist das! Pah! Was ihr da im Gebüsch so treibt, ist alleine eure Sache. Ich habe euch in Ruhe gelassen, jetzt lasst ihr mich auch in Ruhe, klar? Außerdem kenne ich hier sowieso niemanden, dem ich es erzählen könnte. Schließlich bin gerade auf dem Weg zum Ausgang, um in meine Welt zurückzugehen. Dann bin ich weg und hier wird nie jemand etwas davon erfahren. Es ist also gar nicht nötig, dass ihr euch den Magen an mir verderbt", entgegnete sie trotzig.

„Ja, ja, ja ... was du nicht sagst ...", erwiderte die Pumafrau gelangweilt, die gar nicht richtig zugehört hatte. Plötzlich kam sie mit ihrem Gesicht gefährlich nahe an das von Kathrin heran, so dass die junge Frau den Atem im Gesicht spüren konnte. Sie wich erneut zurück; teils aus Furcht, doch hauptsächlich, weil ihr dieses Aroma den eigenen Atem verschlug.

„Du schmeckst bestimmt köstlich", entgegnete die Katzenfrau, die sich dabei über die Schnauze leckte.

„Wie kommst du denn darauf?", erwiderte Kathrin entsetzt.

„Na, du bist Fleisch. Und ich liebe Fleisch – jede Art von Fleisch!", sprach sie in blutdürstigem Ton.

Währenddessen schnupperte der Panthermann prüfend an der Menschenfrau herum. „Na, ich weiß nicht - die riecht so komisch. Viel dran ist an der ja auch nicht, kaum mehr als eine kleine Zwischenmahlzeit." Mit einem Mal ließ er jedoch von Kathrin ab, richtete sich auf und überlegte. „Ach komm, lassen wir sie laufen. Die lohnt den Aufwand nicht,", sprach er zu seiner Artgenossin. „Wenn ich ohne Hunger zum Abendessen komme, will meine Familie bloß wissen, wo ich war und was ich bereits gegessen hätte. Dann wird eine Erklärung schwierig."

Die Pumafrau knurrte widerwillig. „Hrrmm ... ja, da hast du leider recht. Meine Laune ist jetzt eh' im Keller. Also verschwinde, du pelzlose Schlampe, bevor ich mir das noch anders überlege."

Das ließ sich Kathrin nicht zweimal sagen. In respektvollem Abstand schlich sie sich an der Pumafrau vorbei, hielt dabei misstrauisch Blickkontakt. Als die junge Frau endlich an der Katze vorüber war, rannte sie, so schnell es das Dickicht zuließ. Natürlich wäre es für die Katzenwesen ein Leichtes gewesen, sie in kürzester Zeit wieder einzuholen, deshalb hoffte Kathrin,

90

dass sich die beiden doch lieber wieder mit sich selbst beschäftigen würden.

Allmählich wurde der Weg beschwerlicher. Während der vergangenen zwei Stunden hatte sie sich ausschließlich auf nachgiebigem, verhältnismäßig eben verlaufendem Waldboden bewegt. Nun begann die Strecke steiler, steiniger und unebener zu werden. Zwar wuchsen noch Bäume links und rechts des Weges, doch je höher sie kam, desto häufiger ragten zwischen ihnen teils nackte, teils mit Moos überwucherte Felsblöcke aus dem Grund, wodurch auch das Unterholz zunehmend spärlicher vorhanden war. Kathrin war durchaus eine sportliche Frau, doch nach dem Erlebnis mit dem Katzenpaar war sie ohne Pause in zügigem Tempo gelaufen. So beschleunigte sich jetzt ihr Atem beim Aufstieg erheblich, während die Marschgeschwindigkeit beinahe in gleichem Maß abnahm.

Schließlich war sie doch gezwungen, stehen zu bleiben, um eine Verschnaufpause einzulegen, denn vor ihren Augen begannen bereits kleine, weiße Funken zu tanzen. Wenn sie sich jetzt nicht ein wenig Ruhe erlaubte, würde sie ohnmächtig umkippen. Dann wäre die ganz Mühe buchstäblich ‚für die Katz‘ gewesen.

Mit hängendem Kopf, nach vorne gebeugt, die Hände auf die Knie gestützt, atmete sie einige Male geräuschvoll tief ein und aus.

Als nach kurzer Zeit ihr Atem wieder deutlich ruhiger ging, hatte sie plötzlich unbändiges Verlangen nach Zuckerzeug. „Kohlenhydrate! Genau! Das ist es, was ich jetzt brauche.“ Sie ging in die Hocke, um hastig einen Müsliriegel aus dem Rucksack zu kramen. Gleich nachdem sie den vertilgt hatte, schob sie sofort noch einen zweiten hinterher. Kathrin spürte, wie sie wieder zu Kräften kam, auch das Zittern ließ allmählich nach. „Ahh, das war Rettung in letzter Sekunde", seufzte sie erleichtert. Noch schnell einen großen Schluck Wasser, dann sollte es gleich weitergehen. Mit kritischem Blick stellte sie fest, dass in der kleinen Flasche jetzt nicht mehr viel drin war. „Na ja, bis ich den Ausgang erreicht habe, wird das wohl reichen müssen. Ist ja jetzt nicht mehr so weit."

Bevor sie sich wieder auf den Weg machte, wollte sie noch ein paar Dehnungsübungen ausführen, um die Muskulatur ein wenig zu lockern.

Sie war so in ihr Tun vertieft, dass sie nicht bemerkt hatte, wie sich ihr jemand lautlos genähert hatte. Als auf einmal beigefarbene Pelzpfoten um ihre Hüften glitten, richtete sie sich mit einem erschrockenen Laut schlagartig wieder auf. Stocksteif, mit aufgerissenen Augen stand sie da. ‚Nicht schon wieder!', dachte Kathrin, weil sie im ersten Moment glaubte, die Pumafrau wäre ihr nun doch gefolgt. Halb ängstlich, halb zornig drehte sie sich langsam um. „Weißt du bald, was du willst, du ...?", legte sie schon los, als sie schockiert erkennen musste, dass sie stattdessen einem männlichen Puma gegenüberstand. Plötzlich atmete sie wieder sehr schnell.

„Na, was haben wir denn da Leckeres? Damit kann man vor dem Essen ja sogar noch spielen", neckte die Raubkatze.

Kathrin starrte vor Angst zitternd ihr Gegenüber an. Ein Schrei puren Entsetzens drang aus ihrer Kehle; zu etwas anderem war sie nicht in der Lage. Doch ihr ‚Verehrer' ließ sich davon nicht beeindrucken. Im Gegenteil – es schien, als würde ihn das eher noch anspornen. Gleich darauf klang er allerdings etwas enttäuscht, als sein „Fundstück" so gar keine Anstalten machen wollte, zu entkommen.

„Wie – kein Kämpfer, das pelzlose Weibchen? Nun komm schon, tu' halt wenigsten so, als ob du abhauen wolltest. Glaube mir, das wird lustig." ‚Für dich vielleicht', wagte sie nicht laut auszusprechen. Ihre Hüften immer noch in seinen Pranken haltend, rüttelte er sie ein wenig.

„Mir zuliebe", bettelte er. Kathrin starrte ihn angsterfüllt weiterhin einfach nur an. Sie sagte nichts, sie bewegte sich nicht.

„Nein? Nichts zu machen?", fragte er mit großen, runden Augen in einer Art, als ob er mit einem kleinen Kind reden würde.

„Hm ..., das ist schade. Aber was soll's – meinen Spaß werde ich auch so haben." Bei diesen Worten stieß der Pumamann ein Geräusch aus, das bei dieser Spezies – oder vielleicht auch nur bei ihm – ein Lachen sein mochte, Kathrin erinnerte es jedoch eher an das heisere Krächzen eines Raben.

Der jungen Frau lief es eiskalt den Rücken hinunter; Panik und absolute Hoffnungslosigkeit überrollten sie. Jetzt war sie schon so weit gekommen, konnte in der Ferne durch den lichter werdenden Wald bereits den Ausgang sehen – und dann das! Wie sollte sie sich denn gegen dieses Raubtier wehren, das ihr bereits so nahe war, dass es sie festhalten konnte? Noch dazu eines, das anscheinend die Intelligenz eines Menschen besaß. Tränen stiegen ihr in die Augen. Auch wenn zu befürchten war, dass dies den Angreifer nur noch mehr in Wallung brachte, hatte sie einfach nicht mehr die Kraft, sie zurückzuhalten.

Kathrin schlotterten die Knie, als sich eine Vorderpfote mit ausgefahrenen Krallen ihrem Gesicht näherte. Schnell schloss sie die Augen und warf den Kopf zur Seite, weil sie befürchtete, dass er ihr nun wehtun wollte. Doch sie irrte sich. Unerwartet zärtlich strich er über ihre Wange, um eine Träne aufzunehmen, die sich dort ihren Weg gebahnt hatte.

„Mmmh, Salz", schwärmte er, als er den kleinen Tropfen kostete. „Nun, da bin ich ja wirklich mal gespannt, wie der Rest von dir schmecken wird, wenn du noch dazu so eine außergewöhnliche Duftnote mitbringst, die mir bisher noch nicht begegnet ist."

Dann ließ er wieder dieses heißere Lachen ertönen.

„Aber vorher werden wir beiden erst einmal noch ausgiebig miteinander ..." Er konnte den Satz nicht beenden, weil er plötzlich von einem schwarzen Schatten umgerissen wurde, der auf ihn zugeschossen kam.

„Nimm deine dreckigen Pfoten da weg!", brüllte der. Mit einem Aufschrei wich Kathrin hastig zurück. Ihr bot sich nun ein Schauspiel, das für sie einerseits verstörend, andererseits faszinierend war, weshalb sie den Blick nicht abwenden konnte, als vor ihr zwei riesige Fellknäuel wild umherwirbelten und dabei Kampflaute von sich gaben, dass einem anders werden konnte.

Dieser Schatten, der Kathrin von dem Puma befreit hatte, war ganz offensichtlich ein Panther, dessen

schwarzes Fell atemberaubend in der Nachmittags-
sonne glänzte. Brüllend und fauchend donnerte er dem
Puma eine Pfote auf die Schnauze.

Der Panther war eindeutig der Überlegene, weshalb
sein Gegner schon nach kurzem Kampf vorzog, das
Weite zu suchen.

Als wieder Ruhe eingekehrt war, säuberte sich der
schwarze Panther erst einmal. Kathrin hatte sich indes
an den Fuß eines Baumes gesetzt, wo sie mit angezogenen Knien, die sie mit ihren Armen umschlungen
hielt, damit beschäftigt war, die neuesten Erlebnisse zu
verarbeiten. Entkräftet ließ sie den Kopf auf ihre Knie
sinken. Sie war noch viel zu wackelig auf den Beinen,
als dass sie die Flucht hätte ergreifen können. Was sie
eigentlich gerade auch gar nicht wollte. Im Hinterkopf
rief zwar leise der Gedanke, dass sie endlich ihren Weg
fortsetzen sollte, wo sie dem Ziel doch schon so nahe
war, aber im Moment fühlte sie sich irrationalerweise
trotzdem sehr wohl, wo sie sich gerade befand; beinahe
schon, als wäre hier ihr Zuhause, weshalb sie nicht
wirklich das Verlangen verspürte, weiterzuziehen.

Als der Panther seine Fellpflege abgeschlossen hatte,
wandte er sich der jungen Frau zu. Kathrin hob den
Kopf. Wie er sich langsam, auf allen Vieren in
geschmeidigem Katzengang näherte, den Blick dabei
stets aufmerksam auf sie gerichtet, hatte etwas Magisches. Sie verlor sich in seinen faszinierenden grünen
Augen. Zu ihrer eigenen Verwunderung war sie nicht
ansatzweise beunruhigt, sondern fühlte sich geradewegs zu diesem Wesen in seiner engen, körperbetonten

Hose hingezogen. Gleichzeitig schalt sie sich in Gedanken dafür, dass sie solch ein Gefühl überhaupt zuließ. Andererseits war es wiederum äußerst angenehm und aufregend. Sie konnte sich nicht erinnern, jemals etwas Ähnliches und so intensiv für jemanden empfunden zu haben. Und wer sollte sie hier schon dafür verurteilen wollen?

Das schwarze Katzenwesen blieb dicht vor ihr stehen, begann, vorsichtig an ihr zu schnuppern. Kathrin war ganz ruhig. Sie musste lächeln, weil seine Schnurrhaare ein wenig kitzelten.

„Du riechst – interessant."

„Ach, äh – tatsächlich?", antwortete Kathrin verlegen. „Na ja, hm ... Kohl eben. Also, das wird dann wohl Kohlgeruch sein", stammelte sie. Sie spürte, wie sie errötete.

„Ist das in deiner Welt so üblich?"

Die Stimme des Panthers klang in ihren Ohren so angenehm und liebevoll, dass es ihr Mühe bereitete, sich auf diese Frage, bzw. auf deren Antwort zu konzentrieren. Sie schüttelte leicht den Kopf. „Nein, ein Hasenmann meinte, so sei ich sicherer, wenn ich im Katzengebiet unterwegs bin."

Der Panther gab einen Laut von sich, den Kathrin nicht einordnen konnte. War das jetzt etwa auch ein Lachen? Im Gegensatz zu dem Puma klang das hier eher wie ein Wiehern.

„Was ist daran so lustig?", fragte sie leicht verärgert, weil sie sich nicht ernst genommen fühlte.

„Na, ich kann dir sagen: das funktioniert nicht wirklich", entgegnete er amüsiert. „Dieser seltsame Geruch macht eher neugierig, auch wenn er etwas unangenehm ist. Etwas unangenehm, aber markant. Du wärst wahrscheinlich sicherer, wenn du das nicht mit dir herumtragen würdest.

Komm mit, ein Stück weiter oben ist ein kleiner See. Da kannst du dich waschen. Vielleicht hilft das ja, diesen Geruch loszuwerden. Ich werde dich hinführen." Mit diesen Worten wechselte er in den aufrechten Gang.

Kathrin war völlig irritiert. Zweimal schon wäre sie beinahe von Katzenwesen gefressen worden, doch das Verhalten dieses Fellträgers unterschied sich komplett von dem der anderen. Führte er womöglich ebenfalls etwas im Schilde? War er nur ein raffinierter Blender, wenn auch sehr charmant, oder sollte er tatsächlich so eine ehrliche Seele sein? Sie zögerte. Der Verstand riet ihr aufgrund der vergangenen Erlebnisse zu äußerster Vorsicht, doch ihr Bauchgefühl erzählte das genaue Gegenteil. Während sie noch grübelnd dasaß, hatte sich der Panther bereits in Bewegung gesetzt, blieb aber nochmals stehen, um nach der Frau zu sehen.

„Keine Sorge, ich beschütze dich, falls sich dort jemand anders herumtreiben sollte. Mein Name ist übrigens Adam."

Schließlich folgte sie ihm zum See. Dort angekommen entledigte sich der Panther seiner Hose. In nichts weiter als sein Fellkleid gehüllt stand er vor Kathrin. Bei diesem Anblick wurden ihr die Knie weich.

„Du kannst gerne auch deine Kleidung ablegen und zu mir ins Wasser kommen; es ist niemand da außer uns. Du wirst sehen, das erfrischt herrlich."

Die Frau entschied sich für den Mittelweg: sie behielt ihre Unterwäsche an.

Während Adam schwungvoll ins Wasser gesprungen und schon einige kräftige Züge geschwommen war, folgte ihm Kathrin nur recht zögerlich ins reichlich kühle Nass.

Sie wagte sich schrittchenweise hinein, bis ihr das Wasser an die Oberschenkel reichte. Dann hielt sie kurz inne, um zu sehen, ob sie sich wohl an die Temperatur gewöhnen würde.

„Boh, nö! Das ist ja eiskalt!", rief sie entgeistert. Bibbernd kehrte sie um. Als Adam bemerkte, dass Kathrin zurückgegangen war, folgte er ihr rasch. In etwas Entfernung schüttelte er sich trocken. Dann ging er näher zu ihr hin.

„Tut mit leid. So ganz ohne Fell muss das wohl ziemlich kühl sein. Daran hatte ich gar nicht gedacht". In Adams Stimme schwangen Sorge und Schuldgefühl mit. „Warte, ich wärme dich."

Bevor die verblüffte Frau überhaupt reagieren konnte, hatte er sie schon vorsichtig umarmt. Diese plötzliche, unmittelbare Nähe, das Gefühl, von solch einem kraftstrotzenden Kämpfer umschlossen zu sein, der deutlich größer war als sie, versetzte ihr dann doch einen Schrecken, der sich aber sehr schnell wieder legte, als sie feststellte, wie kuschelig warm und seidig sich Adams Fell auf ihrer Haut anfühlte. Hingebungsvoll sank sie in seine muskulösen Arme. Ein ungeahntes Glücksgefühl tiefer, gegenseitiger Zuneigung und Geborgenheit durchströmte die beiden, dass sie alle Welten um sich herum vergaßen.

Einige Zeit später brach das ungleiche Paar – Pfote in Hand – in Richtung der Bergspitze auf, die den Zugang zu Kathrins Heimatwelt in sich barg. Sie füllte noch schnell ihre Flasche im See auf, als sie bemerkte, wie sich ein schimmerndes, hell orangefarbenes Licht auf Wald und Berghänge zu legen begann. Es war atemberaubend – wer konnte schon von sich behaupten, einen Sonnenuntergang in einer anderen Welt erlebt zu haben. Doch die junge Frau hatte ja nun einen starken Beschützer an ihrer Seite, der sie bis zu ihrem Ziel begleiten würde; da konnte sie das bevorstehende Ereignis sogar richtig genießen.

Während der darauffolgenden Stunde Fußweg erzählten sie einander von ihren Heimatwelten. Dabei kristallisierte sich heraus, dass sich die Menschen auf der Erde, vor allem in den Großstädten, anscheinend immer mehr von Industrie, Technisierung und Elektronik abhängig machten, während die Bewohner von Edre weitestgehend in Einklang mit der Natur lebten.

Sie waren nur noch wenige Meter vom Portal entfernt, als Adam vor ihr stehen blieb. Er schüttelte den Kopf. In einer Welt wie der ihren zu leben, erschien ihm grauenhaft. Verständnislos fragte er: „Dahin willst du wirklich zurück? Warum?" Er nahm die schlanken Hände der Frau zwischen seine Pfoten, drückte sie an seine Brust und sah ihr tief in die Augen. „Willst du nicht lieber hier bei mir bleiben?"

Kathrin sah ihn lange an. Schließlich konnte sie seinem Blick nicht länger standhalten. Zu Boden sehend schüttelte sie stumm den Kopf.

„Ohne dich in meiner Nähe wäre ich hier immer die Gejagte. Ich glaube nicht, dass ich auf Dauer damit leben könnte, ständig auf deinen Schutz angewiesen zu sein. Das würde ziemlich schnell alles Glück zerstören, das ich in deinen Armen verspüre." Tiefes Bedauern schwang in ihrer Stimme mit. „Nein, ich gehöre in die andere Welt", seufzte sie, „auch wenn es mir unbeschreiblich schwerfällt, zurückzugehen."

„Und ich würde deine Welt nicht lange ertragen können, nicht war? Ganz davon abgesehen, dass ich viel zu sehr auffallen würde, womit ich dann bei dir der Gejagte wäre." Auch in Adams Stimme lagen Enttäuschung und Bedauern.

Nickend stimmte ihm Kathrin zu. „Dann trennen sich also hier unsere Wege."

„Sie müssen sich hier trennen", fügte sie leise hinzu.

Nach einem zärtlichen Kuss und einer letzten liebevollen Umarmung legte Kathrin die verbleibenden Schritte zum Durchgang zurück, begleitet vom dunkelroten Licht der untergehenden Sonne, das dem Fels den Anschein verlieh, zu glühen.

Es zerriss beinahe ihr Herz, als sie hindurch schritt. Ihre Augen füllten sich so sehr mit Tränen, dass sie kaum mehr den Weg erkannte, doch sie hielt mit geballten Fäusten eisern der Versuchung stand, zurückzublicken. Kathrin bezweifelte, dass sie die Kraft gehabt hätte, weiterzugehen, hätte sie Adam noch ein weiteres Mal angesehen.

Kaum hatte sie die kreisrunde Öffnung passiert, befand sie sich wieder am Rand jener Waldlichtung, wo am Anfang des schwindenden Tages alles begonnen hatte. Fünf Meter vor ihr stand der Baum mit der schicksalhaften Astgabelung. Sie blieb stehen. Vorsichtig wagte sie nun doch einen Blick nach hinten, aber von Edre war nichts mehr zu sehen. Mittlerweile hatte die Dämmerung eingesetzt, die ersten Sterne waren am Himmel zu sehen, alles war in dunkles, blaues Licht getaucht.

„Ich bin zurückgekehrt, Oma", sprach sie bedächtig in Richtung des Baumes, während sie mit den Handrücken ihr Gesicht trocknete. Kaum hatte sie den Satz beendet, da war ihr plötzlich für ein paar Sekunden, als würde sie ihre Großmutter an dessen Fuß stehen sehen, sie anlächeln und ihr wohlwollend zunicken. Als Kathrin daraufhin vor Verblüffung den Kopf schüttelte und blinzelte, war wieder nur noch der Baum zu sehen. Doch sie wusste, dass sie sich das nicht nur eingebildet hatte, denn ein großes Gefühl der Glückseligkeit, Zufriedenheit und Erleichterung überkam sie. Nun hatte sie die Gewissheit, dass ihre Großmutter genau wusste, wovon sie geredet hatte. Es waren bei Weitem keine Hirngespinste einer Märchenerzählerin, die aufgrund ihres fortgeschrittenen Alters nicht mehr so recht zwischen Geschichte und Wahrheit unterscheiden konnte. Außerdem war Kathrin nun klar, dass ihre Oma auch jetzt noch auf sie aufpasste und sie beschützte; sowohl in dieser, als auch in anderen Welten.

Lächelnd setzte sie ihren Weg fort, da passierten unweigerlich die Erlebnisse der letzten Stunden Revue. „Was für ein verrücktes Abenteuer", sagte sie mit leichtem Kopfschütteln zu sich selbst, während sie sich ihrem Auto näherte. Doch nach wenigen Schritten blieb sie erneut stehen. Ihr Blick ging wieder zu dem magischen Baum. ‚Ja, liebe Großmutter, ich bin zurückgekehrt. Und bestimmt nicht zum letzten Mal', ergänzte sie in Gedanken, begleitet von einem schelmischen Grinsen.

# Die Suche nach dem Amazonendorf

Co-Autor: Manfred Polz

Mühsam kämpfte ich mich durch das Gestrüpp. Zwar versuchte ich, dabei so leise wie möglich zu sein, was allerdings ein nahezu sinnloses Vorhaben war, schließlich bahnte ich mir mit einer Machete den Weg durch den Urwald. Zudem raschelte, krächzte und fauchte es unaufhörlich um mich herum. Dieser Dschungel mit all seinen ungewohnten Geräuschen erschien mir in der Anspannung meiner unbeirrbaren Bestrebtheit, den Zielort unter allen Umständen zu finden, lauter als jede Großstadt, in der ich jemals war.

Um zur Orientierung einen Blick auf mein Smartphone werfen zu können, blieb ich kurz stehen. Glücklicherweise war selbst hier das GPS-Signal noch zu empfangen, wenn auch sonst nichts mehr. Anrufe oder Textnachrichten waren bereits gestern, als ich mich im Lager am Rand des Dschungels aufhielt, nur noch unvollständig hereingekommen. Nach mittlerweile drei Stunden, in denen ich mich nun schon durchs Dickicht geschlagen hatte, war auch das letzte Segment, das deren Signalstärke anzeigte, vom Display verschwunden.

Jedoch musste ich mich schon ganz in der Nähe meines Zieles befinden. Plötzlich stutzte ich, warf einen genaueren Blick auf die Anzeige. Voller Entsetzen wurde mir offenbar, dass die bisher zurückgelegte Strecke in meiner geliebten Großstadt lediglich zwei oder drei Häuserblocks entsprach. Dort wäre diese Entfernung ein gemütlicher Spaziergang von einigen Minuten gewesen, hier jedoch gestaltete es sich als stundenlange Schwerstarbeit. Das war ernüchternd, denn meinen Arm, mit dem ich die Machete führte, konnte ich vor Schmerzen kaum noch heben, wodurch das Abhacken der Äste, Lianen und was mir sonst noch alles an Grünzeugs den Weg versperrte, immer mehr zur Qual wurde. Entkräftet, die Finger nur noch als stechend schmerzende Masse wahrnehmend, umklammerte ich den Griff des Werkzeugs viel zu fest, um zu vermeiden, dass es mir aus der Hand fiel, wodurch ich nur noch mehr verkrampfte. Aber so kurz vor dem Ziel aufzugeben kam für mich, James Farnsworth, nicht in Frage. Niemals!

Nachdem ich mich nochmals vergewissert hatte, auf der vorgesehenen Route zu sein, kämpfte ich mir mühsam weitere zwanzig Zentimeter des Wegs frei, als plötzlich etwas Kleines, Buntes zwischen den verschiedenen Grünschattierungen des Waldes herausleuchtete. Auf Augenhöhe, nur eine Armlänge entfernt, zog es meine Aufmerksamkeit auf sich. Ob das vielleicht ein Hinweis war? Vorsichtig pirschte ich mich näher heran – und fuhr entsetzt zurück. Das hübsch Bunte war ein Ranitomeya amazonica – ein Pfeilgiftfrosch! Panisch vor Angst stolperte ich hastig einige Schritte rückwärts, um so schnell wie möglich aus der Reichweite dieser hochgiftigen Amphibie zu gelangen. Glücklicherweise nahm ich dabei instinktiv den bereits freigeschnittenen Weg, so dass ich mich nicht auch noch unnötigerweise im Gestrüpp verhedderte. Als mir der Abstand angemessen erschien, blieb ich hechelnd stehen. Das Herz klopfte mir bis zum Hals. Aber vielleicht hatte dieser Frosch ja tatsächlich mehr Angst vor mir als ich vor ihm, dann dürfte er sich ebenfalls verkrümelt haben – hoffte ich zumindest.

Am ganzen Körper zitternd begann ich nun, tief und gleichmäßig durchzuatmen, was mir helfen sollte, wieder ruhiger zu werden. Dabei kehrten meine Gedanken zurück an jenen verhängnisvollen Tag vor einem Monat.

Wie jeden Morgen bestieg ich in Pyjama, Morgenmantel und Pantoffeln gehüllt den Fahrstuhl, der ausschließlich über Schlüsselaktivierung bis zu meinem Penthouse fuhr, um mir die Tageszeitung, die ich während des Frühstücks in aller Ruhe zu studieren gedachte, aus meinem separaten Briefkasten im Parterre zu holen.

Politik, Klatsch und Tratsch, die Sportseiten ... Als ich mir die zweite Tasse Kaffee einschenkte, war ich bei den „News aus aller Welt" angelangt. Schon hatte ich halb umgeblättert, als ich im letzten Moment aus dem Augenwinkel heraus der Begriff ‚Amazonen...' erblickte. Dieses Thema erweckte stets mein tieferes Interesse, da war es  immer angebracht, einen genaueren Blick darauf zu werfen. Neugierig blätterte ich also zurück, um zu sehen, was es damit wohl auf sich haben mochte. „Amazonendorf entdeckt!", war dort zu lesen. Die Welt um mich herum existierte plötzlich nur noch peripher. Es folgte eine Beschreibung dieses Dorfes, wie man es durch zahlreiche Erzählungen und Spielfilme zu kennen glaubt, das mitten in einem unerforschten Teil des Regenwalds entlang des Amazonas läge. „Ein Amazonendorf am Amazonas –na, wie passend", dachte ich schmunzelnd. Dann die Zeilen, die alles ins Rollen brachten: Der Redaktion lägen jedoch nur ungefähre Koordinaten vor, wo das Dorf liegen würde. Jeder, der genauere Angaben und Fotos von der Existenz des Dorfes liefern könne, erhielte eine Belohnung.

Wie vom Donner gerührt saß ich da. Mein Forschergeist war geweckt. Jetzt durfte keine Zeit vergeudet werden. Nicht, dass mir, James Farnsworth, noch jemand zuvorkam. Ich sah es schon deutlich vor meinem geistigen Auge: ein Foto von mir in allen Tageszeitungen, wie ich freudestrahlend Pokal und Ehrenmedaille entgegennehme, umjubelt von unzähligen Menschen, übertitelt mit „Snob landet die Entdeckung des Jahrhunderts!" – Hä? Snob? Schlagartig hatte mich mein Verstand wieder in die Gegenwart zurückgeholt. Ihm gewährte ich allerdings nur Mitspracherecht in puncto Reisevorbereitung, Auswertung der vorhandenen Daten und ähnlich rationaler Dinge. Der große Entdecker in mir konnte es jedoch kaum erwarten, aufzubrechen.

So stand ich nun hier, inmitten des Regenwaldes, mit schmerzenden Knochen, Gummi in den Beinen und einer plötzlichen Phobie vor allem, was um mich herum kreuchte und fleuchte. Doch allmählich zeigten die Atemübungen Wirkung, ich wurde tatsächlich wieder ruhiger. Schließlich war mir die vergangenen drei Stunden nichts zugestoßen, dann würde ich ja wohl die letzten paar Meter auch noch schaffen. Vorausgesetzt, das Dorf befand sich wirklich dort, wo ich es aufgrund der GPS-Daten vermutete. Daher nahm ich mir ganz fest vor, mich ab jetzt nur noch auf dessen Entdeckung zu konzentrieren, meine Gedanken nicht mehr abschweifen zu lassen.

Während ich mich vorsichtig wieder in Bewegung setzte, hielt ich Ausschau nach dem kleinen, bunten Frosch, sah ihn jedoch nicht mehr, was mir allerdings nur eine vordergründige Erleichterung verschaffte. Bloß weil ich ihn nicht sah, hieß das noch lange nicht, dass er nicht da war. Mit schierer Willenskraft zwang ich meinen Arm nach oben, um mir den weiteren Weg freizuschneiden. Ich musste das Dorf einfach finden.

Plötzlich wurde mir bewusst, dass ich wohl zu überstürzt und zu unvorbereitet aufgebrochen war. Nochmals drei Stunden zurück zum Lager würde ich am selben Tag nicht schaffen. Mitten im Dschungel zu übernachten, so ganz ohne Zelt und Wachen, die irgendwelches wildes Viehzeug vertreiben würden, damit es mich nicht verspeist, während ich meinen Schönheitsschlaf hielt, kam genausowenig in Frage. Der Rucksack hätte eventuell auch etwas größer sein dürfen für all die Utensilien, die mir jetzt nützlich gewesen wären, ich aber folglich nicht dabei hatte. Andererseits – mit so einem Riesending auf dem Rücken durch den Urwald stiefeln – ich würde ja aussehen wie mein eigener Gepäckträger! Welch schauderhafter Gedanke ... Daher blieb mir also nur, den Weg weiterzugehen, getrieben vom Ehrgeiz und der schwindenden Hoffnung, dass sowohl die Koordinaten richtig berechnet waren, als auch das GPS-Signal korrekt angezeigt wurde.

Ein plötzliches Geräusch, das wie ein Schuss in einiger Entfernung klang, ließ mich zusammenzucken. Regungslos verharrte ich lauschend, doch außer dem allgegenwärtigen Urwaldlärm war weiter nichts mehr zu hören. Vorsichtig setzte ich meinen Weg in der Richtung fort, aus der ich den Knall vernommen hatte. Da dies ohnehin nur unwesentlich von meinem geplanten Kurs abwich, beschloss ich nachzusehen, was es damit auf sich hatte. Wenn hier in der Nähe geschossen wurde, musste ich in Erfahrung bringen, ob ich eventuell in Gefahr war. Also, in noch größerer, als ohnehin schon. Oder – o nein! Das durfte einfach nicht sein! War mir vielleicht doch jemand zuvorgekommen?

Ich musste mich sputen. Dachte ich, und wurde schmerzhaft eines Besseren belehrt, sobald ich den Arm mit der Machete wieder hob. So kam ich beim besten Willen nicht mehr weiter. Also quetschte und presste ich mich eben mit Gewalt durch das verwilderte Unterholz, auch wenn meine hochwertige, maßgeschneiderte, khakifarbene Tropen-Kleidung schwer darunter zu leiden hatte. Zeitlich würde das jetzt aber auch keinen Unterschied mehr machen, wahrscheinlich würde ich inzwischen auf diese Weise sogar schneller vorankommen.

Während ich mir also kräftezehrend den Weg irgendwie freitrampelte, sich dabei meine Kleidung mit jedem Dornengestrüpp in gleichem Maße weiter auflöste wie ich Kratzer und Schrammen einsammelte, gingen mir einige Gedanken durch den Sinn: Sollten diese Amazonen noch nie zuvor einem weißen Mann begegnet sein, würden sie möglicherweise erschrecken und vielleicht sogar angreifen, sobald sie mich sahen. Bestimmt wäre es sicherer, diese wilden Frauen erst einmal aus einem sicheren Versteck heraus zu beobachten, um sie mit meinem Smartphone zu filmen. Danach konnte ich immer noch entscheiden, ob ich mich ihnen zeigen würde, oder nicht.

Grübelnd hielt ich inne. Welche Sprache diese Ureinwohner wohl sprachen? Würde ich mich überhaupt mit ihnen verständigen können? Prüfend tastete ich nach dem Beutel, den ich seitlich an meinem Rucksack wähnte. Zu meiner Erleichterung befand er sich noch immer dort. Ob die darin enthaltenen Glasperlen und der Silberschmuck wohl ausreichen würden, um diese Frauen friedlich zu stimmen? Amazonen wurden ja stets als sehr kriegerisch dargestellt. Wäre echt zu blöd, wenn ich es ins Dorf schaffen würde, nur um im Kochtopf zu landen.

Ach – halt, halt! Da ging wohl gerade meine ungestüme Fantasie ein wenig mit mir durch; hihi, so was aber auch ... Amazonen mochten zwar kriegerisch sein, waren aber in der Regel keine Kannibalen. Jedenfalls war mir über diese Kombination noch nie etwas zu Ohren gekommen, versuchte ich mich zu beruhigen. Vielleicht würden sie ja über mich herfallen, weil sie es doch nur auf mein „Fleisch" abgesehen hatten? Nun – wenn sie einigermaßen attraktiv waren, würde ich das wohl schon überstehen. Obwohl – stehen würde danach wohl eher nichts mehr – hehehe!

Nachdem ich ein wenig in mich hineingelacht hatte, wischte ich mir kopfschüttelnd das dümmliche Grinsen aus dem Gesicht, während ich mich schuldbewusst umschaute. Nur gut, dass mich so niemand gesehen hatte. Schließlich waren das alles nur unbestätigte Gerüchte, wie auch jenes, dass sie, Schwarzen Witwen gleich, die Männer nach dem Geschlechtsakt umbringen würden. Ich schluckte hart, als ich erneut dieses schussartige Geräusch hörte, das diesmal sogar ziemlich nah war. War das nicht ein Peitschenknall? Aber ... hier – mitten im Urwald? Vorsichtig schob ich mich, so leise es mir möglich war, weiter durch das Gestrüpp, bis ich freie Sicht auf eine kleine Lichtung bekam. Was ich dort sah, ließ mich meinen Plan, das Amazonendorf zu betreten, gründlich überdenken.

Mitten auf dem freien Platz lag ein Mann mit dem Rücken auf dem Boden, lediglich mit einem Lendenschurz aus Federn und Farnwedeln bekleidet. Der dunklen Hautfarbe nach vermutlich ein Einheimischer. Seine Hände waren über dem Kopf mit einem Seil gefesselt, dessen anderes Ende fest an einem Baum befestigt war.
In leicht gespreizter Haltung waren seine Beine jeweils links und rechts ebenfalls mit straffen Seilen an Bäume gebunden, wobei eines der Seile recht lang war. Zur Seite dieses armen Kerls stand mit dem Rücken zu mir eine athletisch proportionierte, dunkelhäutige Frau, die ebenfalls nur einen kurzen Rock aus Federn und Blättern trug. In der einen Hand hielt sie eine Peitsche, in der anderen einen Speer. Mit wachsendem Unbeha-

gen bemerkte ich die Machete, die in ihrer Griffweite an einem Busch lehnte.

Mir wurde ganz anders bei dem Gedanken, was dem Mann zustoßen könnte, sollte sie über das lange Seil stolpern und ihm dabei den Speer in die...

„Ach, das ist doch Mist!", schüttelte ich heftig den Kopf, um die Bilder wieder aus meinen Gehirnwindungen zu schleudern.

Als sich die Kämpferin umdrehte, waren diese Bilder auch prompt verschwunden, alle anderen Gedanken übrigens genauso. Unweigerlich blieb mein Blick an den blanken Brüsten der Frau hängen. Mein Mund öffnete sich in stiller Bewunderung, während nicht nur die Augen größer wurden. „... dann stimmen die Beschreibungen also doch ..." rieselte es kaum wahrnehmbar durch meinen Verstand, als ich intensive Objektstudie betrieb. „Ääähm – ja."

Wieder schüttelte ich den Kopf, um aus dieser Trance zu erwachen. „Zur Sache jetzt! Dafür bin ich schließlich nicht hergekommen". Nur mühsam konnte ich mich von diesem „erhebenden" Anblick losreißen. „Verdammt! Ich muss mich endlich auf das Wesentliche konzentrieren". Und das waren bedauerlicherweise nicht die Brüste dieser Frau, so schön und wohlgeformt sie auch waren.

Voll Mitleid richtete ich mein Augenmerk auf den gefesselten Mann. Was würde mit ihm geschehen, wenn er der Amazone nicht geben konnte, wonach sie offensichtlich verlangte? Würde sie ihn umbringen? Hier, vor meinen Augen? Schon um meines eigenen Seelenheils willen durfte ich das nicht zulassen. Doch wie konnte ich ihm nur helfen? Für einen kurzen, sehr unangenehmen Moment stellte ich mir vor, an seiner Stelle zu sein. Ich wäre vor Bammel stocksteif gewesen. Na ja, fast – bis auf ein entscheidendes Körperteil halt. Ich konnte nicht umhin, festzustellen, dass es trotz allem, was ich durchgemacht hatte, um hierher zu gelangen, doch angenehmer war, nicht in seiner Haut zu stecken. Dennoch schaffte ich es nicht, den Blick von diesem schaurig-faszinierenden Schauspiel abzuwenden, auch wenn mir ein kalter Schauer nach dem anderen den Rücken hinunter jagte.

Plötzlich bemerkte ich eine Regung in seiner Körpermitte. Dort standen unter anderem auf einmal einige der Federn deutlich ab. Das konnte ja wohl nicht wahr sein! In dieser Situation? Respekt! Das sollte mir dann wohl etwas mehr Zeit verschaffen, um einen Befreiungsplan ausarbeiten zu können.

Doch gerade, als die ersten zarten Inspirationen zu keimen begannen, wurde ich derbe aus meiner Konzentration gerissen, als die Peitsche mit einem deutlich vernehmbaren Klatschen auf den Oberschenkel des Mannes niederging. Autsch! Das hatte bestimmt ziemlich weh getan, zumal sich an dieser Stelle auch schon einige rote Striemen abzeichneten. Zu meinem Befremden veranlasste es ihn in jedoch zu einem offenkundig wohligen Stöhnen.

Für mich wurde diese Angelegenheit jetzt irgendwie schräg. Dadurch hatte ich nur noch mehr Schwierigkeiten, einen klaren Gedanken zu fassen. Zwar verstand ich die Worte nicht, die die Amazone zu ihm sprach, aber ihr Tonfall ließ keinen Zweifel daran, dass sie nicht vorhatte, ihr Opfer einfach laufen zu lassen. Das brachte mich in Wallung. Auch wenn ich keinen

Plan hatte, so spürte ich doch, dass es nun allerhöchste Zeit war, zu handeln. Immerhin hatte ich eine Machete dabei, somit war ich nicht gänzlich wehrlos. Zumindest redete ich mir das ein, um mir selbst Mut zu machen. Während diese Frau ganz offensichtlich keine Skrupel hatte, anderen wehzutun, bereitete mir dies erhebliche Probleme; sowohl beim Austeilen, als auch beim Mitansehen müssen. Aber den armen Mann einfach so der Willkür dieser Amazone zu überlassen, kam überhaupt nicht in Frage.

Darum fasste ich mein Werkzeug fester, war schon im Begriff, auf die Lichtung zu treten, als sich eine Hand auf meine Schulter legte. Vor Schreck hätte ich mir mit einem unartikulierten Laut beinahe mein Beinkleid versaut.

„Nur die Ruhe", hörte ich eine weibliche Stimme hinter mir.

War ich jetzt etwa selbst in die Fänge einer Amazone geraten? Angsterfüllt drehte ich mich langsam um, doch entgegen meiner Erwartung blickte ich in sanfte, braune Augen, die zu einem hübschen Gesicht gehörten. Eine junge Frau lächelte mich freundlich an. So unauffällig, wie es mir in dieser angespannten Lage möglich war, ließ ich meinen Blick an ihr entlanggleiten. Sie trug eine beige Bluse, eine khakifarbene Hose und schwarze, flache Schaftstiefel. Erleichtert atmete ich auf. Scheinbar gehörte sie nicht zu diesem Eingeborenenstamm, auch wenn sie deren Hautfarbe hatte. Ob ich sie wohl dazu überreden konnte, mit mir die geplante Befreiungsaktion zu starten?

„Komm mit, ich möchte dir etwas zeigen", forderte sie mich mit einer einladenden Handbewegung herzlich auf. „José und Merinda stört es zwar nicht, wenn sie Zuschauer haben, aber mir scheint, dass du für deren geliebte SM-Praktiken doch etwas zu zart besaitet bist. Obwohl – so wie du aussiehst, könntest du ebenso ein Maso sein. Ich heiße übrigens Selena."

Mit offenem Mund starrte ich sie an. Was? Ich, ein Masochist? Wie kam sie denn auf diese dumme Idee? Was maßte sich diese Person überhaupt an? Sehe ich etwa so aus, in meinem hochwertigen, maßgeschneiderten... Aaah! Als ich prüfend an mir herabsah, konnte nicht umhin, voller Entsetzen gewisse Parallelen zu erkennen: die Kleidung hing mir von oben bis unten nur noch in Fetzen am Leib, was auf meiner bleichen Haut zahlreiche blutige Kratzer und Schnitte offenbarte, die ich bis dahin gar nicht bewusst wahrgenommen hatte. Welch ein Bild des Jammers musste ich da wohl abgegeben haben – höchst peinlich! Hätte ich mich doch nur duschen und umziehen können ... Doch voll Verdruss musste ich erkennen, dass ich an dieser unerquicklichen Situation so bald wohl nichts würde ändern können.

Meine Gedanken kehrten daraufhin zu ihren Worten zurück: José und Merinda? Sie kannte die beiden also? Ihre Worte implizierten zudem, dass sich der Mann offenbar freiwillig fesseln und schlagen ließ. Von solchen Praktiken hatte ich ja durchaus schon gehört, aber so direkt aus nächster Nähe erlebt, empfand ich das doch als recht verstörend.

Selena hakte sich bei mir unter, um mich ein Stück durch den Urwald zu führen. Weil ich noch voll und ganz damit beschäftigt war, meine Gedanken zu sortieren, bemerkte ich erst einige Minuten später, dass wir uns auf einer Art Straße befanden, die man in der Zivilisation wohl eher als breiten Trampelpfad bezeichnet hätte.

Verunsichert sah ich mich um, wandte ich mich dann an meine Begleiterin: „Ich war eigentlich auf der Suche nach einem unerforschten Amazonendorf. Aber wenn es hier sogar eine Straße gibt, waren meine Berechnungen wohl falsch."

„Nein, du bist absolut richtig", lachte Selena, als sie meinen verwirrten Gesichtsausdruck sah. „Weißt du, ich habe Marketing studiert", erklärte sie, während wir weitergingen. „Der Zeitungsartikel war ein PR-Gag, denn mein Vater ist ein sehr guter Koch, weswegen er in der Stadt eigentlich schon immer ein Restaurant eröffnen wollte. Doch meiner Mutter zuliebe ist er hierher in ihr Heimatdorf gezogen. Also habe ich mir überlegt, wie man wohl Besucher in diesen doch sehr abgelegenen Ort locken könnte, damit mein Vater hier seinen Traum verwirklichen kann.

Immerhin bist du nun schon der dritte Gast, der sich seit der Annonce hierher gewagt hat. Um ein Restaurant zu betreiben, genügt das natürlich nicht, aber es ist ein Anfang. Allerdings haben die anderen beiden nicht solch einen Aufwand betrieben wie du. Du bleibst doch zum Essen?"

Wie angewurzelt blieb ich stehen, starrte sie völlig entgeistert an. Wie bitte? Jetzt schwirrte mir der Kopf gehörig. Alles nur ein Gag, ein Witz? Der Dritte? Ich, James Farnsworth, bin nur Dritter? Und die ganze Mühe, die Schmerzen und die ausgestandenen Todesängste waren nichts weiter als absolut sinnlos verplemperte Lebenszeit, von den Kosten ganz zu schweigen? Zerlumpt, zerkratzt und verdreckt, unter Einsatz meines Lebens, und dann nur Dritter? Darüber konnte ich nun wirklich nicht lachen; ich war fassungslos, ja geradezu am Boden zerstört. Zutiefst enttäuscht schleuderte ich meinen Rucksack auf die Erde, während mir Tränen in die Augen traten.

Die Wiederholung ihrer Frage holte mich aus meinen Gedanken. Nach der erneuten Erwähnung von Essen wurde mir bewusst, wie hungrig und durstig ich tatsächlich war, weshalb ich zustimmend nickte. Diesen Moment schien eine Mücke abgewartet zu haben, um mich in den Hals zu stechen. Reflexartig schlug ich mit der Hand an diese Stelle, um das Ungeziefer zu eliminieren. Doch was mir dabei zwischen die Finger geriet, fühlte sich ganz und gar nicht wie eine zermatschte Mücke an.

„Mann, was ist das denn für ein Brummer, hoffentlich ist der nicht giftig!", dachte ich überaus erschrocken, während ich die Hand vor mein Gesicht führte, um das Teil zu betrachten, das sich mir da eben in den Hals gebohrt hatte. Ich erschrak erneut, als ich erkannte, dass es gar kein Insekt war. „Mini-Darts? Aber – wer zum...?"

Vollkommen ratlos sah ich mich um, doch scheinbar hatte Selena nichts bemerkt.


Keine zwei Schritte kam ich mehr weit, als sich mir plötzlich alles zu drehen begann. Die Aufregung, der Durst und die Hitze waren dann offenbar doch zu viel gewesen. Wie in Zeitlupe sackte ich auf die Knie, bevor ich vollends umkippte.

In diesem dämmrigen Zustand hörte ich noch einen Peitschenknall, dann die zugleich begeisterte, wie eiskalte Stimme einer Frau: „Darf ich ihn erziehen?"

Selena antwortete mit einem vielsagenden Lachen: „Klar, aber mach ihn nicht kaputt, denn schließlich bist du hier nicht die einzige Amazone, die etwas von ihm haben will."

Dann versank die Welt um mich herum in Schwärze.

# Die einsame Burg im Wald
Romantikversion

Co-Autor: Manfred Polz

Entmutigt stapfte Gregor durch den tiefen Wald. Den fünften Tag in Folge war er nun schon unterwegs. So begegneten ihm in dieser Zeit wohl die verschiedensten Waldtiere, doch nicht eine einzige Menschenseele. Welch Dämon mochte ihn da bloß geritten haben, um sich auf eine derart törichte Queste einzulassen. Zum Teufel mit zu viel Bier und zu vielen Buhlern um die schöne Brigitta. Schließlich war er ein Ritter des Reichs, adelig und wohl anzusehen, da hätte er ohnehin Aussicht auf Erfolg gehabt, das Herz der liebreizenden Edelfrau zu erobern. Doch musste er um jeden Preis mit anderen Rittern in der Taverne wetteifern, wer die meisten Humpen zwingen konnte, um sich dann volltrunken zu verpflichten, mit einem Edelstein des Zwergenvolkes um Brigittas Hand anzuhalten. Zu allem Überfluss auch noch ohne Pferd und ohne Rüstung. Wenigstens hatte er sich nicht auch noch seines Schwertes entsagt, das er nun nebst seines Bogens sowie seiner geliebten Flöte mit sich führte. Gerade hier in den Grenzlanden, wo man nur äußerst selten auf Menschen traf, wäre er ohne Waffen bestimmt Hungers gestorben.

Die Einsamkeit in den Wäldern war für ihn nur schwer zu ertragen, insbesondere des Nachts. Die

Schwermut, die in hierbei mitunter befiel, vermocht er stets mit dem Spiel auf seiner Blockflöte zu vertreiben. Wie keinem Zweiten ward ihm gegeben, diesem Instrument die wundervollsten Melodien zu entlocken. Diese waren so schön anzuhören, dass mitunter sogar die Tiere des Waldes stehen blieben, um den lieblichen Klängen zu lauschen.

Anfangs hatte ihm das Nächtigen in freier Natur noch Freude bereitet, doch nach zwei Wolkenbrüchen in zwei aufeinanderfolgenden Nächten, vor denen er sich, in dichtem Gebüsch kauernd, nur mangelhaft hatte schützen können, sehnte er sich nach einem Dach über dem Kopf und wenigstens einer einfachen Strohmatte. Möge dieser Wald doch endlich hinter ihm liegen und er auf ein Anwesen treffen, hoffte er. Selbst ein Stall erschien ihm als Schlafstätte mittlerweile verlockend. Dies umso mehr, als er durch lichte Stellen im Blätterdach den wolkenverhangenen Himmel erblickte, der erneut Regen am Abend oder in der Nacht versprach.

Missmutig trottete er den kaum erkennbaren Pfad weiter, in der Hoffnung, tatsächlich auf dem richtigen Weg zur Zwergensiedlung zu sein. Nur wenige Schritte, nachdem er eine Wegbiegung hinter sich gelassen hatte, wagte er seinen Augen kaum zu trauen: dort oben auf der Anhöhe war durch die Bäume hindurch eine Burg zu erkennen! Nicht so groß wie die seines Vaters, aber immerhin war es eine Burg. Wenn er sich beeilte, würde er diese bis zum Abend erreicht haben.

Gregors Stimmung hob sich mit einem Mal. Dort würde er die Nacht verbringen und den ganzen darauffolgenden Tag dem Nichtstun frönen, um sich zu erholen, bevor er seiner Queste weiter folgte. Bestimmt würde man ihm auch Auskunft geben können, wie weit es dann noch bis zur Zwergensiedlung wäre. Neue Kraft beflügelte seine Schritte.

Als er die Burg beinahe erreicht hatte, waren die Schatten schon sehr lang. Doch urplötzlich war er aus dem Wald herausgetreten, denn der Forst reichte bis dicht an die Feste heran. Den Ritter erstaunte die recht trutzige Bauweise. Während sich die Burgen in seiner Heimat eher durch schlanke, hohe Gebäude mit filigranen Zwiebeltürmen auszeichneten, bestand dieses Bauwerk aus einem massiv wirkenden, großen, eckigen, steinernen Klotz mit spitzem Dach, der an allen vier Seiten von einer dicken, hohen Mauer mit Zinnen umgeben war. Mit dem letzten Strahl der untergehenden Sonne stand Gregor vor einem großen hölzernen Tor, gefertigt aus mächtigen Bohlen, in welche der Kopf eines Ziegenbocks geschnitzt war, der lächerlich große und gewundene Hörner trug. Dennoch ging von diesem Tor eher etwas unheimliches, denn etwas Lachhaftes aus.

Geräuschvoll betätigte er den schweren Türklopfer, der ebenfalls wie ein Ziegenkopf geformt war, allerdings ohne diese absurd langen Hörner. Seltsam, dass ihm noch niemand von den Wehrmauern her zugerufen hatte. Ob die Burg wohl verlassen sein mochte? Sollte dem so sein, hoffte er dennoch einen Eingang zu entdecken, und sei er noch so schmal. Irgendwo würde er dann schon einen geschützten Platz finden; selbst ein halboffener Stall war allemal besser denn durchlässiges Gestrüpp. Ein Blick gen Himmel sagte ihm, dass Eile geboten war, ganz gleich, wie einfach die Unterkunft auch geartet sein mochte.

Nach einer, wie Gregor fand, mehr als angemessenen Zeit des Wartens wollte er gerade damit beginnen, die Burgmauer zu umrunden in der Hoffnung, irgendwo einen Weg hineinzufinden, als er vernahm, wie auf der Innenseite des Tores ein Riegel zur Seite geschoben wurde. Als sich darauf innerhalb des großen Tores eine Tür geöffnet hatte, stand der Ritter einem Mönch in Kutte gegenüber, dessen ehemals braune Haare deutlich mit Grau durchzogen waren. So auch die buschigen Augenbrauen, die dem wettergegerbten Gesicht überdies ein wildes Aussehen verliehen.

Freundlich lächelnd stellte sich Gregor vor und bat um Unterschlupf für die Nacht. Der Mönch mustere den Gast für einige Augenblicke. Nach einem unergründlichen „Hm!", das sowohl von einem Schulterzucken, als auch von einem kurzen Zucken eines einzelnen Mundwinkels begleitet wurde, trat er wortlos beiseite, um den Ritter eintreten zu lassen. Gregor war über diesen auf ihn abschätzig wirkenden Empfang zunächst etwas erbost, ließ es dann aber auf sich beruhen, da man ihm ja immerhin Einlass gewährt hatte. Ob er sich möglicherweise im Kloster eines Schweigeordens befand? Eine entsprechende Frage zu stellen unterließ er jedoch, um weder den Mann noch sich selbst in eine unangenehme Situation zu bringen.

Er folgte der gedrungenen Gestalt des Mönchs durch den Hof zum Palas. Links und rechts des imposanten Gemäuers entdeckte er Stallungen, die jedoch allesamt verlassen, heruntergekommen und zerfallen waren. Wenigstens schien das Burggebäude an sich intakt zu sein; jedenfalls öffnete der Ordensbruder die Eingangstür mit Leichtigkeit, ohne dass diese gequietscht oder geknarzt hatte.

Von der Halle, in der sie nun standen, führte eine große, breite Treppe in die oberen Stockwerke. Zu beiden Seiten dieser Treppe befand sich je eine Tür. Der Mönch blieb stehen, drehte sich zu Gregor um und deutete mit einer kaum erkennbaren Handbewegung auf die rechte der beiden Türen. „Der Speisesaal."

Obwohl der Kuttenträger nicht laut geredet hatte, zuckte Gregor vor Schreck zusammen, da er nicht damit gerechnet hatte, dass der Mann sprechen würde. Auch hallten die Worte fast schon unheimlich lange in der großen Halle wider. Ohne ein weiteres Wort zu verlieren, geleitete der Mönch den Ritter nun in das obere Stockwerk, wo er ein Zimmer zugewiesen bekam.

Der Mönch betrat vor Gregor die Kammer, um sogleich eine Sanduhr umzudrehen, die auf einer Truhe stand. Nachdem er den Zeitmesser wieder abgestellt hatte, sprach er: „Wenn der Sand durchgelaufen ist, wird das Essen serviert. Seid dann bitte so freundlich, Euch rechtzeitig in den Speisesaal zu begeben."

Bevor er den Raum verließ, starrte er Gregor einige Momente lang mit einem durchdringenden Blick an, was der Ritter nicht einzuordnen vermochte. Daraufhin schloss der Mönch die Tür geräuschvoll.

Gregor zuckte wieder zusammen. Verdutzt überlegte er, ob er wohl unbedacht eine beleidigende Bemerkung geäußert hatte. Doch wie hätte dies sein können, da er ja noch nicht einmal Gelegenheit hatte, Worte des Dankes anzubringen.

Um diese Angelegenheit aus seinen Gedanken zu vertreiben, lenkte er mit einem kurzen Kopfschütteln seine Aufmerksamkeit auf das Zimmer. Es war klein, sehr einfach eingerichtet, aber in überraschend gepflegtem Zustand. Außer dem Bett waren ein Stuhl, ein kleiner Tisch sowie besagte Truhe vorhanden, die leer war, wie Gregor beim Heben des Deckels feststellen konnte. Sogleich legte er sein Bündel und seinen Bogen hinein, dann begab er sich zum Fenster. Das Unwetter war schon sehr nahe. Beim Anblick der tiefschwarzen Wolken und dem begleitenden Wetterleuchten war er sehr froh, es rechtzeitig in die Burg geschafft zu haben.

Für einen Moment war er versucht, das äußert bequem anmutende Bett zu erproben, entschied sich aber dann dagegen. Nach dem Marsch zur Burg und den vergangenen Nächten, in denen er nur unzureichend geschlafen hatte, wäre er sicherlich auf der Stelle ins Reich der Träume abgetrieben, womit er das Abendessen verpasst hätte. Dies wäre seinem Gastgeber gegenüber sehr unhöflich gewesen, auch hätte er sich dadurch selbst um die Gelegenheit gebracht, endlich wieder ein geordnetes Mahl zu sich nehmen zu können. Obendrein war er begierig zu erfahren, wer sonst noch alles in der Burg wohnte.

Als kurze Zeit später der Sand durchgelaufen war, machte sich Gregor auf den Weg zum Speisesaal. Genau in dem Moment, als er die Tür öffnete, erhellte ein gewaltiger Blitz sein Zimmer sowie den davorliegenden Gang. Schon im nächsten Moment lief krachend ein ohrenbetäubender Donner durch das Gemäuer, der den Boden unter seinen Füßen erzittern ließ. Er versuchte, sich auszumalen, wie es ihm ergangen wäre, hätte er erneut ohne vernünftiges Obdach im Freien nächtigen müssen, zumal dieses Unwetter die beiden vorangegangenen an Stärke deutlich überwog und mehr als nur heftigen Regen mit sich brachte. Vermutlich wäre er durch Pneumonie, wenn nicht gar durch Blitzschlag zu Tode gekommen. Umso größer war seine Erleichterung, sich in der schützenden und vor allem trockenen Burg zu befinden. So stieg er gut gelaunt die Treppe hinab, während draußen strömender Regen herniederging, begleitet von Sturm, Blitz und Donnerschlag.

Erwartungsvoll betrat Gregor den großen Speisesaal, wo sich mehrere Tischreihen mit den zugehörigen Stühlen erstreckten. Doch zu seinem Bedauern befanden sich lediglich auf dem ersten Tisch zwei einsame Gedecke. Ein fünfflammiger Kerzenleuchter erhellte in dessen näherer Umgebung ein wenig die Dunkelheit, die sowohl durch die fortgeschrittene Stunde, als auch das tobende Unwetter bedingt war. Aufmerksam sah sich Gregor im ganzen Raum um, doch sein Gastgeber war offensichtlich nicht anwesend. So setzte er sich auf einen der Plätze, um zu warten.

Drei Donnerschläge später räusperte sich der Mönch hinter ihm.

Da der Ritter ihn nicht hatte kommen hören, sprang er mit einem erschrockenen Laut so hastig auf, dass er beinahe den Stuhl umgerissen hätte.

Schweigend sah der Mönch den Edelmann mit erhobener Augenbraue an. In seinem Blick lag etwas Vorwurfsvolles. Bevor er zu sprechen begann, seufzte er tief, als wäre er in Begriff, ein schweres Verbrechen zu gestehen.

„Die Herrin des Hauses wird sich wohl etwas verspäten. Sie bittet Euch daher, Ihr möget derweil ohne sie zu Speisen beginnen", leierte er lieblos herunter.

Mit diesen Worten stellte der Mönch betont unsanft eine Platte mit Fleisch und Gemüse vor dem Ritter ab, wobei ein paar Erbsen und Kartoffelstückchen auf den Tisch kullerten. Jetzt war es Gregor, der vorwurfsvoll blickte. Doch unbeeindruckt zog sich der Mönch so lautlos wieder zurück, wie er gekommen war.

Gregor sah ihm fassungslos hinterher. Ein Ordensmann von solcher Flegelhaftigkeit war ihm wahrhaftig noch niemals untergekommen. Als aber Essensduft verführerisch an seiner Nase vorbeizog, war dieses Ärgernis augenblicklich obsolet.

Üblicherweise geboten ihm seine ritterlichen Manieren sich zu gedulden, bis die Gastgeberin ebenfalls zugegen war, doch seinem Hunger waren derartige Regeln offensichtlich fremd, zumal der Mönch ja dazu aufgefordert hatte, bereits anzufangen. Zunächst nahm er sich nur einen kleinen Happen. Wie er feststellte, mundeten die Speisen vorzüglich. Es war, als ob sie seinen Hunger eher anfachten, als ihn zu stillen. Nach kurzem Zögern nahm er sich beherzt eine größere Portion.

Gerade, als sich der Edelmann den letzten Bissen in den Mund schieben wollte, ließ ein gewaltiger Donnerschlag das gesamte Gebäude in seinen Grundfesten erzittern. Gregor zuckte vor Schreck derart zusammen, dass er dabei das Gemüse von seinem Löffel auf dem Tisch verstreute. Leicht beunruhigt und mit pochendem Herzen sah er prüfend zu den Wänden, dann wanderte sein Blick zur Eingangstür. Furchterfüllt blieb der an jener Gestalt haften, die soeben eingetreten war. Ein weiterer mächtiger Blitz erhellte den Raum, der weitere Einzelheiten erkennen ließ: eine menschliche, wohlgeformte und offenkundig weibliche Silhouette in einem aufreizend freizügigen, schwarzen Seidenkleid. Doch zu seinem Entsetzen befanden sich dort Hufe, wo Füße hätten sein müssen, und der Kopf war ein genaues Abbild dieses vermenschlichten Ziegenkopfs mit den übergroßen Hörnern, der schon am Eingangstor zu sehen war. Als lebendes Wesen sah dies plötzlich nicht im Entferntesten mehr lächerlich, sondern nur noch zutiefst beängstigend aus.

Gregor ließ den Löffel fallen, sprang von seinem Stuhl auf und zog sein Schwert. Mit dieser Bestie würde er schon fertig werden!

„Bleib mir vom Leib, Höllenkreatur!", brüllte er aufgebracht.

Missbilligend schüttelte das Ungeheuer den Kopf. „Ts,ts. Begrüßt man bei Euch so seinen Gastgeber?"

Nachdem das Wesen ein paar für den Ritter unverständliche Worte gemurmelt hatte, vollführte es eine energische Geste, wodurch das Schwert aus Gregors Hand gerissen wurde und in hohem Bogen an das andere Ende des Raumes flog. Klirrend landete es irgendwo in der Dunkelheit.

Zufrieden lächelte die Frau mit dem Ziegenkopf. „Ich heiße übrigens Brunhilda." Betont gelassen ging sie zum Tisch und setzte sich ihrem Gast gegenüber. „Bitte nehmt doch wieder Platz, Ritter Gregor."

Gregor war trotz aller Anstrengung nicht in der Lage, sich dieser Bitte, die eigentlich eine Anweisung war, zu widersetzen. Wie mechanisch ließ er sich wieder auf dem Stuhl nieder, um dabei zusehen zu müssen, wie sich seine Gastgeberin ihren Teller füllte und genussvoll zu essen begann. Dem Edelmann jedoch war der Appetit vergangen.

Vorsichtig versuchte er, sich zu erheben, musste aber beklommen feststellen, dass er nach wie vor gebannt war. So er denn zum Nichtstun gezwungen war, wollte er die Zeit nutzen, um herauszufinden, weshalb ihm der Name Brunhilda so bekannt vorkam.

Nach einiger Zeit des Grübelns erinnerte er sich wieder an die Geschichte, die ein Barde in einem der letzten Wirtshäuser, die er auf seinem Weg besucht hatte, zum Besten gegeben hatte. Sie handelte von der wunderschönen, aber auch äußerst wählerischen Tochter eines Grafen, dessen Burg sich am Rande der Zwergenlande befand. Diese junge Frau wurde eifrig umworben, doch keiner vermochte ihren überhohen Ansprüchen auch nur annähernd zu genügen. Zu allen Menschen war sie garstig und hochmütig, intrigierte und schikanierte die Bediensteten, bis kaum noch einer bereit war, dem Grafen weiterhin zu dienen.

Eines Tages bat ein Zauberer um Einlass, damit er in Ruhe und Abgeschiedenheit leben könne. Nachdem die Maid auch ihn gehörig beleidigt und verhöhnt hatte, belegte er sie mit einem Zauber, auf dass man ihr auch schon äußerlich das Ungeheuer ansehen sollte, das sie in ihrem Inneren war.

Da Gregor nun selbst in diese Geschichte hineingelangt war, ging ihm auf, dass sie wahr sein musste, dass der Zauber noch immer fortbestand. Wie es schien, war sie wohl hierdurch selbst zu Zauberkräften gelangt – anders war es nicht zu erklären, dass sie in der Lage war, einen Bann über ihn zu legen.

Nachdem Brunhilda gespeist hatte, starrte sie den Ritter eine Zeit lang an. „Ihr seid langweilig. Langweiler kann ich nicht gebrauchen." Sie erhob sich. „Los, kommt mit!", wies sie ihn harsch an.

Gregor konnte nicht anders, als auf ihren Wink hin aufzustehen, um ihr zu folgen. Nachdem sie ihn die Kellertreppe nach unten geführt hatte, kamen sie den Verliesen immer näher. Verzweifelt versuchte er, sich gegen den Bann zur Wehr zu setzen, um zumindest stehen zu bleiben. Der Zauber zwang ihn jedoch, weiterzugehen. Im Schein der brennenden Wandfackeln sah er in einem der Kerker ein zusammengesunkenes Skelett liegen, das noch immer angekettet war und auf gruselige Weise die Arme in die Höhe reckte, als wolle es auf sich aufmerksam machen. Dem Ritter lief ein kalter Schauer über den Rücken. Fieberhaft suchte er nach einem Ausweg.

Da wurde ihm wieder bewusst, dass er ja noch immer seine Flöte bei sich trug. So tastete er nach dem Etui, um sich zu vergewissern, dass das Instrument auch wirklich noch enthalten war, denn er hatte einen Gedanken, der ihn unter günstigen Umständen zu retten vermochte, sollte sich alles so ergeben, wie er es sich ausmalte.

Das Ungeheuer war gerade in Begriff, die Kerkertür zu öffnen, als er fürbittend zu ihr sprach: „Hochwohlgeborene Brunhilda, höret mich an. Zu behaupten, ich wäre ein unterhaltsamer Redner, wäre gewiss vermessen, wogegen mir für mein Flötenspiel schon vielerorts reichlich Lob und Bewunderung zuteil wurde. Bitte erweist mir die Gnade, euch mit meinen Weisen erfreuen zu dürfen."

Erwartungsvoll starrte er das Ungeheuer an, während ihm das Herz bis zum Halse schlug.

Die Gehörnte hielt inne, drehte sich langsam zu Gregor um. Neugierig musterte sie ihn von oben bis unten. Ihr Blick ruhte schließlich interessiert an dem länglichen Etui an seinem Gürtel. „Bewahrt Ihr darin Eure Flöte auf? Zeigt sie mir!"

Gregor öffnete die Hülle, entnahm das schmale Holzinstrument und hielt es Brunhilda mit zitternden Händen hin. Prüfend betrachtete sie dieses für einige Augenblicke, während der Ritter zahlreiche bange Stoßgebete gen Himmel schickte. Schließlich nickte sie anerkennend, wobei diese Kopfbewegung durch die imposanten Hörner eindrucksvoll betont wurde.

„Nun denn, so sei es. Überzeuge er mich", sprach sie auf dem Weg zurück in Richtung Treppe. Erleichtert atmete der Ritter auf. Diesmal wäre er ihr auch ohne Zauberbann gefolgt.

Wieder zurück im Speisesaal staunte Gregor nicht schlecht, als dort plötzlich ein mannshoher Eisenkäfig stand, der an einer stabilen Kette hing. Mit verstohlenem Grinsen hielt der Mönch die Gittertür auf. Unvermittelt traf den Ritter die Erkenntnis, dass dies für ihn bestimmt war, während er durch den auf ihm liegenden Bann nicht anders konnte, als diesen Käfig zu betreten. Nachdem der Mönch die Tür abgeschlossen hatte, zog er den Käfig in die Höhe und übergab dem Ungeheuer den Schlüssel. Anschließend verließ er den Raum, ohne sich nochmals umzudrehen.

In dem Moment, als Brunhilda zweimal in die Hände geklatscht hatte, rollte ein weiterer Donnerschlag durch den Saal. Gregor spürte mit Erleichterung, wie der Bann von ihm abfiel.

Brunhilda setzte sich ihm gegenüber auf einen thronartigen, üppig gepolsterten Stuhl mit hoher Rückenlehne. „So, mein Vögelchen, erfreue es mich nun mit seinem fröhlichen Gezwitscher", lachte sie meckernd.

Der Gefangene schluckte den Kloß in seinem Hals hinunter, holte tief Luft und setzte die Flöte an seine Lippen. Nervös begann er sein Spiel mit ein paar einzelnen Tönen, um sich einzustimmen. Frei von Begeisterung trommelte Brunhilda, fast am Rande ihrer Geduld angelangt, mit den Fingern auf die Armlehnen.

Als seine Nervosität endlich nachließ, kam der Ritter in Fahrt. Es hatte den Anschein, als würde Brunhilda Gefallen an seiner Darbietung entwickeln. Still und voller Aufmerksamkeit lauschte sie den Klängen, die Gregor dem schmalen Stück Holz entlockte. So wiegte er sich im Takt seinen Melodien, wodurch der Käfig alsbald mehr und mehr zu schwingen und sich zu drehen begann. Nach kurzer Zeit hatte dies jedoch zur Folge, dass ihm reichlich elend wurde, wodurch mehr und mehr Töne ziemlich schief erklangen.

Erbost sprang das Ungeheuer auf: „Lügner! Betrüger! Ihr könnt ja gar nicht spielen! Mit einer List wolltet ihr dem Kerker entgehen, um mich meiner Juwelen berauben zu können. Ein niederträchtiger Dieb seid Ihr! Dafür werde ich Euch auf kleiner Flamme rösten!"

Gregor musste sich in dem schwankenden Käfig beinahe übergeben, während er zitterte wie Espenlaub.

„Nein!", rief er voller Furcht. „Das ist nicht wahr! Bitte, Brunhilda! Ihr müsst mir glauben! Ich vermag sehr wohl zu spielen, doch schaukelt dieses Gebilde so schauderhaft, dass ich mich außer Stande sehe, Euch mit meinem Spiel zu erquicken. Würdet Ihr mich freilassen, könnte ich Euch beweisen, dass ich das Flötenspiel tadellos beherrsche. Euer Geschmeide ist für mich nicht von Interesse; dass Ihr solche Kostbarkeiten Euer eigen nennt, war mir bis dato nicht einmal bekannt."

Brunhilda lachte freudlos. Ein magisches Wort in Verbindung mit einer Handbewegung öffnete eine große Truhe neben ihrem prunkvollen Stuhl, die bis obenhin gefüllt war mit Gold und funkelnden Edelsteinen. Gregor blieb bei diesem Anblick der Mund offenstehen.

„Meiner Treu! Welch ein erhebender Anblick!", hauchte er angetan. „Solch einen Schatz hätte ich hier niemals vermutet".

An seiner Reaktion erkannte das Ungeheuer, dass der Ritter wohl tatsächlich keine Kenntnis davon hatte.

Etwas gnädiger gestimmt, vollführte sie eine kompliziert aussehende Geste, woraufhin sich der Käfig so weit absenkte, dass er auf dem Untergrund aufsetzte. Erleichtert, wieder festen Boden unter den Füßen zu haben, seufzte Gregor: „Habt Dank, Euer Hochwohlgeboren. Bitte gewährt mir noch einen Augenblick, um mich zu sammeln. Sogleich werde ich mit meiner Darbietung für Euch fortfahren."

Als sein Wohlbefinden endlich zurückgekehrt war, setzte er die Flöte wieder an die Lippen, um eine fröhliche Weise zu spielen, auch wenn ihm eher nach Verzweiflung zumute war. Doch wollte er seine Gastgeberin nicht aufs Neue erzürnen. Nach den ersten beiden Liedern geriet er so in Ekstase, dass er tatsächlich alles um sich herum vergaß. Verzückt schloss er die Augen und lebte nur noch für die Musik, die mal verträumt, mal fröhlich und dann wieder melancholisch erklang.

Unzählige Flötentöne später hob er während des Spielens die Lider. Er konnte kaum glauben, was er da erblickte: statt des Ungeheuers saß ihm eine wunderschöne, junge Frau gegenüber, die mit einem friedlichen, verträumten Ausdruck auf ihrem Antlitz mit geschlossenen Augen den Kopf sanft im Takt der Melodien wiegte. Dieses bezaubernde Bild brachte ihn so sehr aus der Konzentration, dass er auf der Flöte danebengriff, was einige hässliche Misstöne mit sich brachte. Nur einen Wimpernschlag später war Brunhilda wieder das ziegenköpfige Ungeheuer.

Erbost sprang sie von ihrem Stuhl auf, nur kurz davor, die Fassung völlig zu verlieren.

„Ihr!", drohte sie ihm lautstark mit erhobener Faust. „Wollt Ihr mich foppen? Das werdet Ihr bitter bereuen! Ich werde Euch in den Kerker sperren, bis Ihr verschimmelt seid!", brüllte sie ihm entgegen.

Gregor schluckte hart. „O Herrin, bitte vergebt mir. Es tut mir so unbeschreiblich leid. Niemals war es mein Ansinnen, Eure Harmonie zu zerstören. Doch ist mein Mund derweilen so ausgedörrt, dass mir das Flötespielen kaum mehr möglich ist. Bitte gewähret mir einen Trunk, auf dass ich belebt mit dem Spiele fortfahre."

Schnaubend sah sie ihn an, dann wurde sie merklich ruhiger. Seine Worte hatten sie so weit besänftigt, dass sich ihr menschlicher Teil wieder an das wunderschöne Flötenspiel erinnerte sowie an das Gefühl der Befreiung, das sie beim Zuhören überkommen hatte.

Auch wenn man es ihr äußerlich nicht ansehen konnte, war sie bemüht, dieses Gefühl aufrechtzuerhalten, während sie zu der Karaffe schritt, die auf dem Tisch stand, um dem Ritter einen Becher mit Wein zu füllen.

Als Brunhilda diesen durch die Eisenstäbe reichte, nahm ihn Gregor dankbar entgegen. Hierbei berührten sich einen Augenblick lang sanft ihre Hände. Überrascht sahen sie einander kurz tief in die Augen.

Während Gregor vor Entzücken dahinschmolz, weil ihm war, als könne er bis in ihre Seele schauen, wandte sich Brunhilda geschwind ab, um ihre Beschämtheit vor ihm zu verbergen.

Nachdem sich der Edelmann am Wein gelabt hatte, setzte er sein Flötenspiel mit neuer Leidenschaft fort. So hatte sich Brunhilda diesmal schon nach dem zweiten Lied in die bezaubernde Frau zurückverwandelt, die sie einmal gewesen war. Selbst als Gregor kurz pausierte, um nochmals nach dem Weinbecher zu greifen, behielt sie ihr wunderschönes Erscheinungsbild bei.

So verging die halbe Nacht, bis der Ritter schließlich die letzten Töne weich ausklingen ließ, weil er einfach zu erschöpft war, um noch weiterspielen zu können.

Seinen ganzen Mut zusammennehmend wandte er sich mit leiser Stimme an die junge Dame: „Verehrteste, es ist mir eine große Ehre und Freude, vor solch einer ausdauernden Zuhörerin aufspielen zu dürfen. Doch war ich bereits den ganzen Tag unterwegs und bin nun rechtschaffen müde, was fortan meinem Spiel abträglich sein könnte, wie ich fürchte.

Wenn Ihr mir daher in Eurer unendlichen Güte gestatten würdet, mich zu Bett begeben zu dürfen? Ihr habt mein Wort, dass ich Euch nicht bestehlen werde."

Brunhilda sah ihn aufmerksam an. Sie wartete förmlich darauf, dass sie wieder die Gestalt des Ungeheuers annehmen würde, zumal sie bereits ein leichtes Kribbeln verspürte, doch konnte sie dem Drang der Verwandlung widerstehen. Sie klatschte wieder in die Hände, woraufhin sich die Käfigtür öffnete.

„Ihr dürft zu Bett gehen, Ritter Gregor. Versucht jedoch nicht, zu fliehen. Auf dieser Burg liegt ein Bann, so dass Euch ein Entkommen ohnehin nicht zu gelingen vermag. Solltet Ihr es dennoch wagen, würdet ihr mich damit außerordentlich erzürnen."

„Seid unbesorgt, edle Dame", antwortete er müde. „Derart ermattet wäre ich wohl nicht einmal mehr im Stande, den Hof hinüber zum großen Eingangstor zu queren, ohne dabei im Stehen einzuschlafen."

Dankbar, weder im Käfig noch im Verlies nächtigen zu müssen, zog er sich in sein Zimmer zurück. Er war tatsächlich so entkräftet, dass er eingeschlafen war, kaum dass sein Kopf das Kissen berührt hatte.

Tags darauf erwachte Gregor am Licht der Morgensonne, die in sein Zimmer schien. Zufrieden und erholt räkelte er sich in dem warmen Bett. Ah, welch eine Wohltat! So gut hatte er schon seit Tagen nicht mehr geschlafen. Plötzlich kamen ihm die Geschehnisse des letzten Abends wieder in den Sinn. Mit einem Ruck setzte er sich auf. „Haben sich diese Seltsamkeiten denn wahrhaftig zugetragen?", grübelte er. Dabei war im Haus alles so ruhig und friedlich, dass er versucht war, zu glauben, er hätte dies nur geträumt. Ja, so musste es wohl sein. Schwungvoll stand er aus dem Bett auf, um sich zu waschen und anzukleiden. Beim Prüfen seiner Kleidung bemerkte er verwundert, dass sein Schwert fehlte. Die Erkenntnis für den Grund ließ den Ritter verdrossen wieder auf das Bett sinken. „Dann war es also doch kein Traum", erkannte er entmutigt. Seine Waffe lag wohl noch immer in einem Winkel des Speisesaals.

Heftiges Klopfen an der Tür, das eher einem Poltern glich, schreckten ihn harsch aus seinen Gedanken und ließ ihn abwehrbereit aufspringen. Gewohnheitsgemäß wollte er schon den Griff seines Schwertes fassen, als er erneut feststellen musste, dass es nicht vorhanden war, was ihn weiter verstimmte.

„Ritter Gregor?", hörte er die Stimme des Mönchs.

„Seid Ihr wach?"

Welch unnütze Frage! Der Ordensmann musste mit den Fäusten auf die Tür eingedroschen haben. Hätte der Ritter noch geschlafen, wäre er bei diesem Spektakel bestimmt vor Schreck aus dem Bett gefallen, während sein Herz die Tätigkeit quittiert hätte.

„Was wollt Ihr?", rief Gregor verärgert.

"Im Speisesaal wäre das Frühstück bereitet", ließ ihn der Mönch wissen. Dann war wieder Stille.

Seines Schwertes beraubt, den üblen Launen zweier Ungeheuer ausgesetzt spielte Ritter Gregor nun doch mit dem Gedanken, sich unbemerkt aus der Burg hinfortzuschleichen. Selbstredend erst nach einer Stärkung. Da kam ihm Brunhildas überaus bezauberndes Antlitz wieder in den Sinn. Ob er wohl erneut vermochte, dieses durch sein Flötenspiel hervorzulocken? War ihr das menschliche Äußere womöglich sogar erhalten geblieben? Es trieb ihn um, dies in Erfahrung zu bringen; die Flucht war vertagt.

Im Speisesaal begegnete er Brunhilda, die wider allen Hoffens die Gestalt des Ungeheuers aufwies. Kurz zögerte er, setzte dann aber seinen Weg zum gedeckten Tisch fort, wo er mit traurigem Blick empfangen wurde. Als Gregor der Gehörnten gegenüberstand, erhob sie sich.

„Guten Morgen, Herr Ritter. Wünsche, wohl geruht zu haben", sprach sie in ruhigem, unerwartet freundlichem Ton, welcher erkennbar Schwermut in sich trug. „Ich werde mich sogleich zurückziehen, auf dass

Ihr ungestört Euer Morgenessen einnehmen könnt. Da Ihr mir gestern Abend mit Eurem Flötenspiel sehr viel Freude bereitet hattet, erscheint es mir angemessen, Euch nicht mit meinem Anblick zu belästigen." Sie senkte den Blick und war in Begriff, zu gehen.

Doch Gregor hielt sie auf. Trotz der rüden Behandlung, die er am Vortag hatte erleiden müssen, verspürte er in diesem Augenblick tiefes Mitgefühl.

„Haltet ein, edle Dame. Bitte bleibt, um mir Gesellschaft zu leisten." Überrascht hob sie den Blick wieder. Er sah ihr in die Augen, setzte zu einer weiteren Äußerung an, dann seufzte er. Es fiel ihm schwer, die richtigen Worte zu finden.

„Ich … muss gestehen", begann er zögerlich, „dass es mir großen Schrecken bereitet hatte, Euch im schwachen Schein des Kerzenlichtes in dieser Gestalt zu erblicken. Doch nun ist helllichter Tag, mir Eure Erscheinung indes vertrauter. Auch wenn es meinem Verstand nach wie vor Mühe bereitet zu erfassen, was sich ihm darbietet, erachte ich es nicht als Last, seid Ihr zugegen."

Zutiefst überrascht nahm Brunhilda mit einem anerkennenden Nicken sprachlos wieder Platz, um ihr Mahl fortzusetzen.

Als sich Gregor gegenüber seiner Gastgeberin ebenfalls gesetzt hatte, nahm er sich etwas Brot und Käse.

„Um der Wahrheit die Ehre zu geben, Gnädigste", fuhr er verhalten fort, „war meine Sicht der Dinge am gestrigen Abend zunächst gänzlich konträr." Aufmerksam folgte Brunhilda seinen Worten. „Doch konnte ich während des Flötenspiels eine liebreizende Seite an

Euch entdecken. Letztendlich ward Ihr mir wohlgesonnen, was mich meine Anschauung überdenken ließ."

Brunhilda starrte ihn einige Momente ungläubig an. Sie konnte sich nicht entsinnen, jemals als liebreizend bezeichnet worden zu sein, geschweige denn in dieser Gestalt. Verlegen wich sie schließlich seinem Blick aus. So saßen sich die beiden, mit dem Mahle beschäftigt, einige Zeit schweigend gegenüber, als Gregor das Gespräch wieder aufnahm.

"Bitte erzürnet Euch nicht ob dieser Frage, werte Brunhilda. Doch mag es sich mir bei bestem Willen nicht erschließen, welch Anlass Euch dazu bewogen hatte, mich in den Kerker werfen zu wollen, nachdem Ihr mich zunächst so fürstlich bewirtet hattet?"

Schuldbewusst suchte die Gastgeberin nach den passenden Worten.

„Wisset, ich hatte Euch bereits erblickt, wie Ihr begleitet von Benedikt, dem Mönch, ohne Pferd und ohne Rüstung den Hof gequert hattet. So gab es mir den Anschein, Ihr wäret nicht in kriegerischer Absicht gekommen. Als hernach das Essen aufgetragen wurde, ließ ich Euch warten, um Euch zu beobachten. Wider meinen Mutmaßungen hattet Ihr jedoch die Gunst der Stunde nicht ausgenutzt, um nach meinem Schatz zu spionieren. Mir schien daher, Ihr wäret in der Tat ein ehrbarer Ritter. Doch als Ihr dann euer Schwert zücktet, verfiel ich zu meinem Bedauern dem Irrglauben, Ihr wäret doch nur einer von den Vielen, die mir nach dem Leben trachteten, um mich sowohl meines Schatzes zu berauben, wie auch sich selbst damit rühmen zu können, das ‚Ungeheuer' bezwungen und den Zauber gebrochen zu haben. Die Burg, der Titel und all die

Ländereien würden an denjenigen übergehen, dem es gelänge, mich zu töten. Dass Ihr Euch aus Furcht lediglich zu verteidigen gedachtet, entzog sich aufgrund der vielen vorausgegangenen bösen Vorkommnisse bedauerlicherweise meiner Wahrnehmung."

Ein tiefer Seufzer verließ ihre Brust, dann sprach sie weiter.

„Zu meinem Glück überließ mir der Zauberer etwas Schutzmagie, um mich gegen derartige Angriffe verteidigen zu können. Nicht, dass ich ob meines beängstigend wirkenden Äußeren zu Tode käme, bevor sich mir der ‚Auserwählte' offenbarte.

Doch einer wie der andere hatte es lediglich auf seinen Ruhm und auf meinen Besitz abgesehen. Nicht einer war dabei, dem daran gelegen war, meinetwillen den Fluch zu brechen. Nicht ein Einziger!

Anfangs trieb ich die Angreifer noch mit Magie und wildem Gebaren in die Flucht, doch da ich sie entkommen ließ, verbreiteten sie die ‚Legende des Ungeheuers' stets fort. So brachen alsbald neue Recken auf, um sich beweisen zu wollen.

Dessen war ich binnen Kurzem so müde, dass ich das räuberische, mörderische Gesindel einfach im Kerker verrotten ließ." Sie seufzte erneut.

„Durch den Zauber kann ich nicht eines natürlichen Todes sterben, wohl aber durch Einwirkung von Gewalt. So haben in den letzten einhundert Jahren zahllose Waghälse den Weg ins Verlies gefunden, wodurch ich zu männermordendem Ruf gelangt war. Dass ich mich nur zu verteidigt gedachte, stieß hingegen stets auf taube Ohren."

So ergriffen wie überrascht lauschte Gregor seiner Gastgeberin.

„Einhundert Jahre – das ist eine sehr lange Zeit ...“, merkte er betreten an. „Habt Ihr den jemals in Erwägung gezogen, mit der Euch zur Verfügung stehenden Magie den Bann zu brechen?“

Brunhilda lachte traurig. „Tausende und Abertausende von Versuchen hatte ich unternommen, doch ohne Ergebnis. Schlussendlich wurde ich dessen überdrüssig.“

Verständnisvoll nickte der Ritter schweigend, während er sich noch etwas Brot und Käse nahm.

Schließlich erkundigte sich Brunhilda nach dem Anlass für des Ritters Aufenthalt. So erzählte er von der Queste und den Unannehmlichkeiten, die er auf seinem Weg hatte erdulden müssen.

Nachdenklich sah sie ihn an. „Das Edelfräulein muss wahrlich etwas ganz Besonderes sein, wenn Ihr solche Strapazen auf Euch nehmt, um ihr Herz zu erobern. Mich dünkt, als könnte ich Euch dabei sogar behilflich sein, denn in meiner Schatztruhe befinden sich auch einige Edelsteine der Zwerge. Mit einem dieser Steine gedenke ich Euch für das gestrige Flötenspiel zu entlohnen. So könnt Ihr auf direktem Wege zurück nach Hause und um die Hand der Edelfrau anhalten.“

Gregor war überwältigt. „Ja, aber – Brunhilda ... das ist weit mehr, als ich jemals erwarten durfte. Ihr seid überaus großzügig. Meinen untertänigsten Dank!“

Geschmeichelt lächelte sie. Vorgebend, wieder mit ihrem Mahle beschäftigt zu sein, wich sie erneut seinem Blick vor Verlegenheit aus.

„Bitte gestattet mir, zum Dank nochmals für Euch spielen zu dürfen", fügte Gregor hinzu.

„WAS?" Wie vom Donner gerührt sah Brunhilda von ihrem Essen auf, ließ das Besteck polternd auf den Tisch fallen. Gewiss hatte sie schon vieles erlebt, aber noch niemals, dass jemand länger in ihrer Nähe bleiben wollte als unbedingt notwendig.

Nach einer kurzen Pause ergänzte der Ritter vorsichtig: „Allerdings wäre mir sehr daran gelegen, mich hierfür nicht erneut in den Käfig begeben zu müssen."

Mit diesen Worten und der Weise, wie er sie vorbrachte, war es ihm gelungen, Brunhilda zum Lachen zu bringen, was in all den vielen, vielen Jahren seit ihrer Verhexung nicht ein einziger Mensch erreicht hatte. Nicht einmal in der Zeit davor. Hatte sie, seit sie dem Kindesalter entwachsen war, denn jemals aus echter Freude gelacht, oder nur dann, wenn sie sich über jemanden lustig gemacht hatte? Sie konnte sich nicht erinnern.

Die Zeit der Verwandlung hatte Brunhilda im Übermaße Gelegenheit verschafft, in sich zu gehen. Längst hatte sie erkannt, was für ein hinterhältiges, verlogenes Biest sie gewesen war. Stets wollte sie zu viel, doch nun hatte sie so gut wie nichts mehr, denn von ihren Juwelen und dem Gold erhielt sie weder Aufmerksamkeit noch Zuneigung. Zutiefst bedauerte sie, was ihr durch ihr Verhalten alles entgangen war. Die lange Zeit der Einsamkeit hatte sie geläutert, die unzähligen Angriffe aber auch verbittert.

Um so mehr erquickte sie dieses berauschende, befreiende Gefühl, sich amüsieren zu können, ohne

Unmut auf sich zu ziehen, weil es nicht auf Kosten anderer geschah.

Mit ihren Hufen strampelte sie vor Vergnügen auf den steinernen Fußboden. Trotz Ziegenkopf war ihr Lachen kaum von Meckern geprägt, es klang beinahe menschlich.

Doch so augenblicklich, wie die Heiterkeit über sie gekommen war, so augenblicklich war sie auch schon wieder verflogen. Was hatte sie nur getan? Den einzigen Mann, der seit mehr als hundert Jahren aufrichtig und freundlich zu ihr war, gehen lassen zugunsten einer anderen Frau! Wie töricht konnte sie denn nur sein? Denn sollte sich Ritter Gregor wieder auf den Weg nach Hause begeben, um seine angebetete Brigitta zu ehelichen, würde sie wieder ganz alleine in dieser Burg zubringen müssen mit einem Mönch, der eigentlich nur ein Diener war, dazu so unterhaltsam wie ein Grabstein. Zwar hatte es sich ihr nie erschlossen, was ihn bei ihr hielt, doch wollte sie andererseits auch nicht danach fragen, um ihn nicht auf absurde Gedanken zu bringen, sonst wäre sie wirklich gänzlich alleine gelassen. Nach diesem zauberhaften Abend des vergangenen Tages würde dies kaum mehr zu ertragen sein.

Gregor bemerkte die plötzlich zurückgekehrte Traurigkeit seiner Gastgeberin.

„Brunhilda, was ist mit Euch?", fragte er bestürzt. „Ich wäre untröstlich, hätten Euch meine Worte Leid zugefügt. Wie vermag ich Euren Kummer zu lindern?"

Die Gehörnte lachte bitter, dann traten ihr Tränen in die Augen. Voller Seelenqual warf sie ihm unumwunden entgegen: „Heiratet mich! Küsst mich!"

Völlig überrumpelt hielt der Ritter inne, während seine Augenbrauen weit nach oben gingen. Damit hatte er nun nicht einmal im Entferntesten gerechnet. Vermochten denn eine Heirat und ein Kuss wahrhaftig den Zauber aufzulösen, um damit jene begehrenswerte Frau bleibend zum Vorschein zu bringen, in die er sich am vorigen Abend Hals über Kopf verliebt hatte? – Sei's drum! Selbst wenn sie nach der Vermählung ihre jetzige Gestalt beibehielte; Gregor wusste um ihr Geheimnis. Sollte es erforderlich sein, würde er Abend um Abend für sie spielen, bis sich die schöne Frau manifestiert hatte und das Ungeheuer endgültig vertrieben war.

So erhob er sich denn von seinem Stuhl, trat ihr gegenüber, um in nächsten Moment vor ihr niederzuknien. Liebevoll nahm er ihre Hand, sah ihr in die Augen und sprach: „Liebste Brunhilda, wollt Ihr meine Frau werden?"

Nun war Brunhilda bass erstaunt. Erneut starrte sie den Edelmann wortlos an, war schon versucht, ihre Hand zurückzuziehen. Dass Gregor ihr Flehen tatsächlich erhören würde, verwirrte sie. Zunächst war sie nicht sicher, ob es dem Ritter denn ernst damit war, doch als sie in seine Augen sah, war nun ihr, als ob sie in seine Seele zu schauen vermochte.

„Ritter Gregor, Ihr ... ich ... aber ... ", stammelte sie neben sich stehend. „Und ... Brigitta?", fragte Brunhilda verwundert. „War es denn nicht Euer Ansinnen, Eure heiß begehrte Brigitta zur Frau zu nehmen?"

Noch immer kniend ihre Hand haltend senkte er den Blick, begleitet von einem leichten Kopfschütteln.

„Dies ist Vergangenheit. Denn wisset, liebste Brunhilda", womit ihr der Ritter wieder tief in die Augen schaute, „Brigittas Ehelichung wäre nur der Ausfluss trunkener Großtuerei gewesen. Ein Blendwerk, das sich nicht hätte aufrechterhalten lassen. Unbestritten mag sie eine Augenweide sein, doch wäre es vor den anderen Rittern nur ein Prahlen mit fragwürdigem Ruhm gewesen, beruhend auf einer fragwürdigen Queste; denn ein jeder der Edelmänner hat ebenso ein Auge auf sie geworfen. Was ich für sie empfand, war schlicht Begehr, hervorgerufen durch ihr liebliches Äußeres sowie den Drang, mich vor den anderen beweisen zu wollen. Brigitta wird eifrig umworben, doch spielt sie mit den Männern, was ihr großes Vergnügen bereitet. Ich könnte mir ihrer Treue nicht gewiss sein.

Hingegen verspüre ich für Euch tiefste Zuneigung in einem Maße, wie es mir zuvor nie bekannt war. So frage ich Euch erneut: wollt ihr meine Frau werden?"

Brunhilda war dermaßen überwältigt, dass es ihr nicht anders möglich war, als mit deutlichem Nicken zu antworten, was erneut durch ihre Hörner eindrucksvoll bestärkt wurde.

Als sie schließlich wieder in der Lage war, zu sprechen, erklärte sie: „Benedikt, der Mönch, der als einziger Mensch bei mir blieb, ist bevollmächtigt, eine rechtsgültige Ehe zu schließen. So Ihr, Ritter Gregor, denn dazu bereit seid, werde ich nach ihm rufen, um mit Euch in den heiligen Bund der Ehe zu treten."

Davon ausgehend, dass sich der Ritter nun doch distanzieren würde, beobachtete sie dessen Gebaren. Er überraschte sie jedoch einmal mehr, als er selbst nach Benedikt rief.

Kurz darauf erschien der Mönch im Speisesaal, bekümmert dreinblickend ob des außerordentlichen Herbeorderns. „Frau Gräfin, ist alles zu Eurer Zufriedenheit? Gibt es Anlass zur Beschwer?", frage er voller Bedenken, wohlweislich den Ritter ignorierend.

„Haltet ein, Benedikt, haltet ein", sprach Brunhilda beruhigend. „So merket auf: Kraft Eurer Befugnis, Eheschließungen vornehmen zu dürfen, sollt Ihr uns denn vermählen. Ritter Gregor und ich sind übereingekommen, zu heiraten."

Nach diesen Worten stutzte der Mönch nicht zu knapp. Hastig wechselte sein Blick zwischen Brunhilda und Gregor.

Kurz darauf erwiderte er gedehnt: „Ah – jetzt verstehe ich ... Welch ein überaus gelungenes Schelmenstück, werte Gräfin. Für einen Moment fühlte ich mich von Euch handfest in die Irre geführt, wie ich gestehen muss." Seine Mundwinkel begannen zu zucken. „Augenscheinlich wirkt die Anwesenheit des Herrn Ritter belebend auf Euer Gemüt, was mich ebenso freudig stimmt, wenngleich ich für derartige Narreteien gewöhnlich nicht zu haben bin." Verhalten begann er zu lachen.

Fragend sahen sich zunächst Brunhilda und Gregor einander an, dann den Mönch. Sein Lachen verstummte urplötzlich, sein Blick eilte erneut zwischen

Gräfin und Ritter hin und her, während sein Gesicht immer länger wurde, bis ihm der Mund offenstand.

„Ihr ... Ihr wollt tatsächlich ... dann ist das also ...", erwiderte er verstört. Nach einer Pause, in der er sich etwas gesammelt hatte, fügte er leise hinzu: „Nun denn, wenn dies Euer Wunsch ist ..." Wankend entfernte er sich. „Ich werde alle nötigen Vorbereitungen treffen ...", rief er im Weggehen.

Gregor sah dem Mönch verwundert nach. Dass dieser Mann in der Lage war, so viele Worte aneinanderhängend von sich zu geben, geschweige denn zu lachen ...

Bereits zur Mittagsstunde waren das Ungeheuer und der Ritter Mann und Frau. Hingebungsvoll hielt Gregor den Ziegenkopf in seinen Händen, um ihn leidenschaftlich zu küssen. Beide sahen einander erwartungsvoll in die Augen. Sie warteten, doch es geschah nichts, der Zauber löste sich nicht auf. Mit Tränen in den Augen wandte sich Brunhilda ab.

Gregor trat zu ihr, um sie tröstend in die Arme zu nehmen.

„Liebste Gemahlin", sprach er leise, „grämet Euch nicht. Heute ist ein Tag der Freude, auch wenn manche Gegebenheit hierfür unpassend erscheinen will. Gewiss vermag der Hochzeitstanz euer Gemüt zu erhellen. So lasset uns den Reigen eröffnen, derweil ich uns musikalisch begleite."

Gleich darauf stimmte der Ritter auf seiner Flöte eine fröhliche Weise an, während er dazu tanzte. Nach kurzem Zögern stimmte Brunhilda mit ein. Je länger sie tanzte, umso gelassener wurde sie, bis sie sich letztlich mit geschlossenen Augen ganz der Melodie hingab.

Unvermittelt ließ ein Donnerschlag aus heiterem Himmel das ganze Gebäude erbeben. Zu Tode erschrocken schmiegten sich die Eheleute gegenseitig schützend aneinander. Zärtlich küsste Gregor seine Frau, um sie zu beruhigen, da wurde den beiden urplötzlich gewahr, dass es nunmehr menschliche Lippen waren, die sich berührten.

Erneut starrten sie einander hoffnungsvoll an. Sollte der Fluch denn wahrhaftig beendet sein? Würde Brunhilda ihre menschliche Gestalt nun für immer beibehalten? Wieder füllten sich ihre Augen mit Tränen, doch diesmal vor unermesslicher Glückseligkeit, während sich Gregor, mit ihr freuend, kaum an seiner bezaubernden Ehefrau sattsehen konnte.

Gelegenheit, den Kuss zu wiederholen, blieb vorerst jedoch nicht, da just in diesem Moment der Mönch aufgebracht mit den Armen wedelnd in den Speisesaal gelaufen kam.

„Frau Gräfin! Frau Gräfin! Herr Ritter! Herr Ritter! Kommt schnell und seht!", rief er außer Atem. „Der Zaub ...AAH!", entwich ihm ein erschrockener Laut, während er beinahe gestrauchelt wäre, als er die verwandelte Brunhilda anstarrte.

Abermals ging sein Blick mit offenem Mund zwischen den Vermählten hin und her.

„Aber ... wie ...? Frau Gräfin, seid Ihr es wirklich?"

Mit den Handrücken wischte sie sich Freudentränen von den Wangen, während sie zustimmend nickte.

Die Hände erhoben, den Blick nach oben gerichtet seufzte Benedikt feierlich: „Gepriesen sei der Herr, denn es ist vollbracht!" Mit seligem Blick holte er tief Luft, um ergriffen den begonnenen Satz zu ergänzen: „So kommt und seht selbst: der Zauber ist gebrochen! Wo zuvor noch dichter Wald gewesen, erstrecken sich nun fruchtbare Felder und Weiden, so weit man zu schauen vermag."

Zwei weitere Tage warteten die frisch getrauten Eheleute noch ab. Nachdem sich Brunhilda innerhalb dieser Zeit nicht wieder in das ziegenköpfige Ungeheuer zurückverwandelt hatte, gingen der Ritter und die Gräfin davon aus, dass der Bann tatsächlich immerwährend gebrochen war. Voller Tatkraft machten sie sich also daran, ihre Vermählung weithin bekannt zu geben, sowie Bedienstete für den Wiederaufbau der Burganlage als auch die Bewirtschaftung der Felder zu werben.

Als im Jahr darauf ein gesundes Kind ihr Glück ergänzte, wurde ein großes Freudenfest abgehalten. Die Burg erstrahlte zu einem großen Teil wieder in neuem Glanz, geschäftiges Treiben allerorten prägte den Alltag, das Leben war zurückgekehrt.

Und so lebten sie fortan glücklich und zufrieden bis ans Ende ihrer Tage.

# Die einsame Burg im Wald
Abenteuerversion

Anmerkung: Wem der Ausgang der Geschichte „Die einsame Burg im Wald" zu romantisch war, dem gefällt vielleicht diese Geschichte besser. Der Anfang ist gleich, das Ende jedoch ein anderes. Lest selbst:

Entmutigt stapfte Gregor durch den tiefen Wald. Den fünften Tag in Folge war er nun schon unterwegs. So begegneten ihm in dieser Zeit die verschiedensten Waldtiere, doch nicht eine einzige Menschenseele. Welch Dämon mochte ihn da bloß geritten haben, um sich auf eine derart törichte Queste einzulassen. Zum Teufel mit zu viel Bier und zu vielen Buhlern um die schöne Brigitta. Schließlich war er ein Ritter des Reichs, adelig und wohl anzusehen, da hätte er ohnehin Aussicht auf Erfolg gehabt, das Herz der liebreizenden Jungfrau zu erobern. Doch musste er um jeden Preis mit anderen Rittern in der Taverne wetteifern, wer die meisten Humpen zwingen konnte, um sich dann volltrunken zu verpflichten, mit einem Edelstein des Zwergenvolkes um Brigittas Hand anzuhalten. Zu allem Überfluss musst er den Edelstein auch noch ohne Pferd und Rüstung suchen. Wenigstens hatte er sich nicht auch noch seines Schwertes entsagt, das er nun nebst seines Bogens sowie seiner geliebten Flöte mit sich führte.

Gerade hier in den Grenzlanden, wo man nur äußerst selten auf Menschen traf, wäre er ohne Waffen bestimmt hungers gestorben. Die Einsamkeit in den Wäldern war für ihn durch das Spiel auf seiner Flöte leichter zu ertragen. Wie keinem Zweiten ward es ihm gegeben, diesem Instrument die wundervollsten Melodien zu entlocken. Diese waren so schön anzuhören, dass mitunter sogar die Tiere des Waldes stehen blieben, um den lieblichen Klängen zu lauschen.

Anfangs hatte ihm das Nächtigen in freier Natur noch Freude bereitet, doch nach zwei Wolkenbrüchen in zwei aufeinanderfolgenden Nächten, vor denen er sich, in dichtem Gebüsch kauernd, nur mangelhaft hatte schützen können, sehnte er sich nach einem Dach über dem Kopf und wenigstens einer einfachen Strohmatte. Möge dieser Wald doch endlich hinter ihm liegen und er auf ein Anwesen treffen, hoffte er. Selbst ein einfacher Stall erschien ihm als Schlafstätte mittlerweile verlockend.

Dies umso mehr, als er durch lichte Stellen im Blätterdach den wolkenverhangenen Himmel erblickte, der erneut Regen am Abend oder in der Nacht versprach.

Missmutig trottete er den kaum erkennbaren Pfad weiter, in der Hoffnung, tatsächlich auf dem richtigen Weg zur Zwergensiedlung zu sein.

Nur wenige Schritte, nachdem er eine Wegbiegung hinter sich gelassen hatte, wagte er seinen Augen kaum zu trauen: dort oben auf der Anhöhe war durch die Bäume hindurch eine Burg zu erkennen! Nicht so groß wie die seines Vaters, aber immerhin war es eine Burg.

Wenn er sich beeilte, würde er diese bis zum Abend erreicht haben. Gregors Stimmung hob sich mit einem Mal. Dort würde er die Nacht verbringen und den ganzen darauffolgenden Tag dem Nichtstun frönen, um sich zu erholen, bevor er seiner Queste weiter folgte. Bestimmt würde man ihm auch Auskunft geben können, wie weit es noch bis zur Zwergensiedlung wäre. Neue Kraft beflügelte seine Schritte.

Schon bald darauf war er urplötzlich aus dem Wald herausgetreten, denn der Forst reichte bis dicht an die Feste heran. Den Ritter erstaunte die recht trutzige Bauweise. Während sich die Burgen in seiner Heimat eher durch schlanke, hohe Gebäude mit filigranen Zwiebeltürmen auszeichneten, bestand dieses Bauwerk aus einem massiv wirkenden, großen, eckigen, steinernen Klotz mit spitzem Dach, der an allen vier Seiten von einer dicken, hohen Mauer mit Zinnen umgeben war.

Mit dem letzten Strahl der untergehenden Sonne stand Gregor vor einem großen hölzernen Tor, gefertigt aus mächtigen Bohlen, in welche der Kopf eines Ziegenbocks geschnitzt war, der lächerlich große und gewundene Hörner trug. Dennoch ging von diesem Tor eher etwas Unheimliches, denn etwas Lachhaftes aus. Geräuschvoll betätigte er den schweren Türklopfer, der ebenfalls wie ein Ziegenkopf geformt war, allerdings ohne diese absurd langen Hörner.

Seltsam, dass ihm noch niemand von den Wehrmauern her zugerufen hatte. Ob die Burg wohl verlassen sein mochte? Sollte dem so sein, hoffte er dennoch einen Eingang zu entdecken, und sei er auch noch so schmal. Irgendwo würde er dann schon einen geschützten Platz finden, selbst ein halboffener Stall war allemal besser, als ein durchlässiges Gestrüpp. Ein Blick gen Himmel sagte ihm, dass Eile geboten war, ein Dach über den Kopf zu bekommen, ganz gleich, wie einfach dieses auch sein mochte.

Nach einer, wie Gregor fand, mehr als angemessenen Zeit des Wartens wollte er gerade damit beginnen, die Burgmauer zu umrunden, in der Hoffnung, irgendwo einen Weg hineinzufinden, als er vernahm, wie auf der Innenseite des Tores ein Riegel zur Seite geschoben wurde. Als sich darauf innerhalb des großen Tores eine Tür geöffnet hatte, stand der Ritter einem Mönch in Kutte gegenüber, dessen ehemals braune Haare deutlich mit Grau durchzogen waren. So auch die buschigen Augenbrauen, die dem wettergegerbten Gesicht überdies ein wildes Aussehen verliehen.

Freundlich lächelnd stellte sich Gregor vor und bat um Unterschlupf für die Nacht. Der Mönch mustere den Gast für einige Augenblicke. Nach einem unergründlichen „Hm!", das sowohl von einem Schulterzucken, als auch von einem kurzen Zucken eines einzelnen Mundwinkels begleitet wurde, trat er wortlos beiseite, um den Ritter eintreten zu lassen.

Gregor war über diesen auf ihn abschätzig wirkenden Empfang zunächst etwas erbost, ließ es dann aber auf sich beruhen, da man ihm ja immerhin Einlass gewährt hatte. Ob er sich möglicherweise im Kloster eines Schweigeordens befand? Eine entsprechende Frage zu stellen unterließ er jedoch, um weder den Mann noch sich selbst in eine unangenehme Situation zu bringen.

Er folgte der gedrungenen Gestalt des Mönchs durch den Hof zum Palas. Links und rechts des imposanten Gemäuers entdeckte er Stallungen, die jedoch allesamt verlassen, heruntergekommen und zerfallen waren. Wenigstens schien das Burggebäude an sich intakt zu sein; jedenfalls öffnete der Ordensbruder die Eingangstür mit Leichtigkeit, ohne dass diese gequietscht oder geknarzt hätte.

Von der Halle, in der sie nun standen, führte eine große, breite Treppe in die oberen Stockwerke. Zu beiden Seiten dieser Treppe befand sich je eine Tür. Der Mönch blieb stehen, drehte sich zu Gregor um und deutete mit einer kaum erkennbaren Handbewegung auf die rechte der beiden Türen. „Der Speisesaal."

Obwohl der Kuttenträger nicht laut geredet hatte, zuckte Gregor vor Schreck zusammen, da er nicht damit gerechnet hatte, dass der Mann sprechen würde. Auch hallten die Worte fast schon unheimlich lange in der großen Halle wider. Ohne ein weiteres Wort zu verlieren, geleitete der Mönch den Ritter nun in das obere Stockwerk, wo er ein Zimmer zugewiesen bekam.

Der Mönch betrat vor Gregor die Kammer, um sogleich eine Sanduhr umzudrehen, die auf einer Truhe stand. Nachdem er den Zeitmesser wieder abgestellt hatte, sprach er: „Wenn der Sand durchgelaufen ist, wird das Essen serviert. Seid dann bitte so freundlich, Euch rechtzeitig in den Speisesaal zu begeben."

Bevor er den Raum verließ, starrte er Gregor einige Momente lang mit einem durchdringenden Blick an, den der Ritter nicht einzuordnen vermochte. Daraufhin schloss der Mönch die Tür geräuschvoll.

Gregor zuckte wieder zusammen. Verdutzt überlegte er, ob er wohl unbedacht eine beleidigende Bemerkung geäußert hatte. Doch wie hätte dies sein können, da er ja noch nicht einmal Gelegenheit hatte, Worte des Dankes anzubringen.

Um diese Angelegenheit aus seinen Gedanken zu vertreiben, lenkte er mit einem kurzen Kopfschütteln seine Aufmerksamkeit auf das Zimmer. Es war klein, sehr einfach eingerichtet, aber in überraschend gepflegtem Zustand. Außer dem Bett waren ein Stuhl, ein kleiner Tisch sowie besagte Truhe vorhanden, die leer war, wie Gregor beim Heben des Deckels feststellen konnte. Sogleich legte er sein Bündel und seinen Bogen hinein, dann begab er sich zum Fenster. Das Unwetter war schon sehr nahe. Beim Anblick der tiefschwarzen Wolken und dem begleitenden Wetterleuchten war er sehr froh, es rechtzeitig in die Burg geschafft zu haben.

Für einen Moment war er versucht, das äußert bequem anmutende Bett zu erproben, entschied sich aber dann dagegen. Nach dem Marsch zur Burg und den vergangenen Nächten, in denen er nur unzureichend geschlafen hatte, wäre er sicherlich auf der Stelle ins Reich der Träume abgetrieben, womit er das Abendessen verpasst hätte. Dies wäre seinem Gastgeber gegenüber sehr unhöflich gewesen, auch hätte er sich dadurch selbst um die Gelegenheit gebracht, endlich wieder ein geordnetes Mahl zu sich nehmen zu können. Obendrein war er begierig zu erfahren, wer sonst noch alles in der Burg wohnte.

Als kurze Zeit später der Sand durchgelaufen war, machte sich Gregor auf den Weg zum Speisesaal. Genau in dem Moment, als er die Tür öffnete, erhellte ein gewaltiger Blitz sein Zimmer sowie den davor liegenden Gang. Schon im nächsten Moment lief krachend ein ohrenbetäubender Donner durch das Gemäuer, der den Boden unter seinen Füßen erzittern ließ. Er versuchte, sich auszumalen, wie es ihm ergangen wäre, hätte er erneut ohne vernünftiges Obdach im Freien nächtigen müssen, zumal dieses Unwetter die beiden vorangegangenen an Stärke deutlich überstieg und mehr als nur heftigen Regen mit sich brachte. Vermutlich wäre er durch Pneumonie, wenn nicht gar durch Blitzschlag zu Tode gekommen. Umso größer war seine Erleichterung, sich in der schützenden und vor allem trockenen Burg zu befinden.

So stieg er gut gelaunt die Treppe hinab, während draußen strömender Regen herniederging, begleitet von Sturm, Blitz und Donnerschlag.

Erwartungsvoll betrat Gregor den großen Speisesaal, wo sich mehrere Tischreihen mit den zugehörigen Stühlen erstreckten. Doch zu seinem Bedauern befanden sich lediglich auf dem ersten Tisch zwei einsame Gedecke. Ein fünfflammiger Kerzenleuchter erhellte in dessen näherer Umgebung ein wenig die Dunkelheit, die sowohl durch die fortgeschrittene Stunde, als auch das tobende Unwetter bedingt war. Aufmerksam sah sich Gregor im ganzen Raum um, doch sein Gastgeber war offensichtlich nicht anwesend. So setzte er sich auf einen der Plätze, um zu warten.

Drei Donnerschläge später räusperte sich der Mönch hinter ihm.

Da der Ritter ihn nicht hatte kommen hören, sprang er mit einem erschrockenen Laut so hastig auf, dass er beinahe den Stuhl umgerissen hätte.

Schweigend sah der Mönch den Edelmann mit erhobener Augenbraue an. In seinem Blick lag etwas Vorwurfsvolles. Bevor er zu sprechen begann, seufzte er tief, als wäre er in Begriff, ein schweres Verbrechen zu gestehen.

„Die Herrin des Hauses wird sich wohl etwas verspäten. Sie bittet Euch daher, Ihr möget derweil ohne sie zu Speisen beginnen", leierte er lieblos herunter.

Mit diesen Worten stellte der Mönch betont unsanft eine Platte mit Fleisch und Gemüse vor dem Ritter ab, wobei ein paar Erbsen und Kartoffelstückchen auf den Tisch kullerten. Jetzt war es Gregor, der vorwurfsvoll blickte. Davon unbeeindruckt zog sich der Mönch so lautlos wieder zurück, wie er gekommen war.

Gregor sah ihm fassungslos hinterher. Ein Ordensmann von solcher Flegelhaftigkeit war ihm wahrhaftig noch niemals untergekommen. Als aber Essensduft verführerisch an seiner Nase vorbeizog, war dieses Ärgernis augenblicklich obsolet.

Üblicherweise geboten ihm seine ritterlichen Manieren zwar, sich zu gedulden, bis die Gastgeberin ebenfalls zugegen war, doch seinem Hunger waren derartige Regeln offensichtlich fremd, zumal der Mönch ja dazu aufgefordert hatte, bereits anzufangen. Zunächst nahm er sich nur einen kleinen Happen. Wie er feststellte, mundeten die Speisen vorzüglich. Es war, als ob sie seinen Hunger eher anfachten, als ihn zu stillen. Nach kurzem Zögern nahm er sich beherzt eine größere Portion.

Gerade, als sich der Edelmann den letzten Bissen in den Mund schieben wollte, ließ ein gewaltiger Donnerschlag das gesamte Gebäude in seinen Grundfesten erzittern. Gregor zuckte vor Schreck derart zusammen, dass er dabei das Gemüse von seinem Löffel auf dem Tisch verstreute. Leicht beunruhigt und mit pochendem Herzen sah er prüfend zu den Wänden, dann wanderte sein Blick zur Eingangstür.

Furchterfüllt blieb der an jener Gestalt haften, die soeben eingetreten war. Ein weiterer mächtiger Blitz erhellte den Raum, der weitere Einzelheiten erkennen ließ: eine menschliche, wohlgeformte und offenkundig weibliche Silhouette in einem aufreizend freizügigen, schwarzen Seidenkleid. Doch zu seinem Entsetzen befanden sich dort Hufe, wo Füße hätten sein müssen, und der Kopf war ein genaues Abbild dieses vermenschlichten Ziegenkopfs mit den übergroßen Hörnern, der schon am Eingangstor zu sehen war. Als lebendes Wesen sah dies plötzlich nicht im Entferntesten mehr lächerlich, sondern nur noch zutiefst beängstigend aus. Gregor ließ den Löffel fallen, sprang von seinem Stuhl auf und zog sein Schwert. Mit dieser Bestie würde er schon fertig werden!

„Bleib mir vom Leib, Höllenkreatur!", brüllte er aufgebracht.

Missbilligend schüttelte das Ungeheuer den Kopf. „Ts,ts. Begrüßt man bei Euch so seinen Gastgeber?" Nachdem das Wesen ein paar für den Ritter unverständliche Worte gemurmelt hatte, vollführte es eine energische Geste, wodurch das Schwert aus Gregors Hand gerissen wurde und in hohem Bogen an das andere Ende des Raumes flog. Klirrend landete es irgendwo in der Dunkelheit.

Zufrieden lächelte die Frau mit dem Ziegenkopf. „Ich heiße übrigens Brunhilda." Betont gelassen ging sie zum Tisch und setzte sich ihrem Gast gegenüber. „Bitte nehmt doch wieder Platz, Ritter Gregor."

Gregor war trotz aller Anstrengung nicht in der Lage, sich dieser Bitte, die eigentlich eine Anweisung war, zu widersetzen. Wie mechanisch ließ er sich wieder auf dem Stuhl nieder, um dabei zusehen zu müssen, wie sich seine Gastgeberin ihren Teller füllte und genussvoll zu essen begann. Dem Edelmann jedoch war der Appetit vergangen.

Vorsichtig versuchte er, sich zu erheben, musste aber beklommen feststellen, dass er nach wie vor gebannt war. So er denn zum Nichtstun gezwungen war, wollte er die Zeit nutzen, um herauszufinden, weshalb ihm der Name Brunhilda so bekannt vorkam.

Nach einiger Zeit des Grübelns erinnerte er sich wieder an die Geschichte, die ein Barde in einem der letzten Wirtshäuser, die er auf seinem Weg besucht hatte, zum Besten gab. Sie handelte von der wunderschönen, aber auch äußerst wählerischen Tochter eines Grafen, dessen Burg sich am Rand der Zwergenlande befand. Diese junge Frau wurde eifrig umworben, doch keiner vermochte ihren überhohen Ansprüchen auch nur annähernd zu genügen. Zu allen Menschen war sie garstig und hochmütig, intrigierte und schikanierte die Bediensteten, bis kaum noch einer bereit war, dem Grafen weiterhin zu dienen.

Eines Tages bat ein Zauberer um Einlass, damit er in Ruhe und Abgeschiedenheit leben könne. Nachdem die Maid auch ihn gehörig beleidigt und verhöhnt hatte, belegte er sie mit einem Zauber, auf dass man ihr auch schon äußerlich das Ungeheuer ansehen sollte, das sie im Inneren war.

Da Gregor nun selbst in diese Geschichte hineingelangt war, ging ihm auf, dass sie wahr sein musste, dass der Zauber noch immer fortbestand. Wie es schien, war sie wohl hierdurch selbst zu Zauberkräften gelangt – anders war es nicht zu erklären, dass sie in der Lage war, einen Bann über ihn zu legen.

Nachdem Brunhilda gespeist hatte, starrte sie den Ritter eine Zeit lang an. „Ihr seid langweilig. Langweiler kann ich nicht gebrauchen." Sie erhob sich. „Los, kommt mit!", wies sie ihn harsch an.

Gregor konnte nicht anders, als auf ihren Wink hin aufzustehen, um ihr zu folgen. Nachdem sie ihn die Kellertreppe nach unten geführt hatte, kamen sie den Verliesen immer näher. Verzweifelt versuchte er, sich gegen den Bann zur Wehr zu setzen, um zumindest stehen zu bleiben. Der Zauber zwang ihn jedoch, weiterzugehen. Im Schein der brennenden Wandfackeln sah er in einem der Kerker ein zusammengesunkenes Skelett liegen, das noch immer angekettet war und auf gruselige Weise die Arme in die Höhe reckte, als wolle es auf sich aufmerksam machen. Dem Ritter lief ein kalter Schauer über den Rücken. Fieberhaft suchte er nach einem Ausweg.

Da wurde ihm wieder bewusst, dass er ja noch immer seine Flöte bei sich trug. So tastete er nach dem Etui, um sich zu vergewissern, dass das Instrument auch wirklich noch enthalten war, denn er hatte einen Gedanken, der ihn unter günstigen Umständen zu retten vermochte, sollte sich alles so ergeben, wie er es sich ausmalte.

Das Ungeheuer war gerade in Begriff, die Kerkertür zu öffnen, als er fürbittend zu ihr sprach: „Hochwohlgeborene Brunhilda, höret mich an. Zu behaupten, ich wäre ein unterhaltsamer Redner, wäre gewiss vermessen, wogegen mir für mein Flötenspiel schon vielerorts reichlich Lob und Bewunderung zuteil wurde. Bitte erweist mir die Gnade, euch mit meinen Weisen erfreuen zu dürfen."

Erwartungsvoll starrte er das Ungeheuer an, während ihm das Herz bis zum Halse schlug.

Die Gehörnte hielt inne, drehte sich langsam zu Georg um. Neugierig musterte sie ihn von oben bis unten. Ihr Blick ruhte schließlich interessiert an dem länglichen Etui an seinem Gürtel. „Bewahrt Ihr darin Eure Flöte auf? Zeigt sie mir!"

Gregor öffnete die Hülle, entnahm das schmale Holzinstrument und hielt es Brunhilda mit zitternden Händen hin. Prüfend betrachtete sie dieses für einige Augenblicke, während der Ritter zahlreiche bange Stoßgebete gen Himmel schickte.

Schließlich nickte sie anerkennend, wobei diese Kopfbewegung durch die imposanten Hörner eindrucksvoll betont wurde. „Nun denn, so sei es. Überzeuge er mich", sprach sie auf dem Weg zurück in Richtung Treppe. Erleichtert atmete der Ritter auf. Diesmal wäre er ihr auch ohne Zauberbann gefolgt.

Wieder zurück im Speisesaal staunte Gregor nicht schlecht, als dort plötzlich ein mannshoher Eisenkäfig stand, der an einer stabilen Kette hing. Mit verstohlenem Grinsen hielt der Mönch die Gittertür auf. Unvermittelt traf den Ritter die Erkenntnis, dass dies für ihn bestimmt war, während er durch den auf ihm liegenden Bann nicht anders konnte, als den Käfig zu betreten. Nachdem der Mönch die Tür abgeschlossen hatte, zog er den Käfig in die Höhe und übergab dem Ungeheuer den Schlüssel. Anschließend verließ er den Raum, ohne sich nochmals umzudrehen.

In dem Moment, als Brunhilda zweimal in die Hände klatschte, rollte ein weiterer Donnerschlag durch den Saal. Gregor spürte mit Erleichterung, wie der Bann von ihm abfiel.

Brunhilda setzte sich ihm gegenüber auf einen thronartigen, üppig gepolsterten Stuhl mit hoher Rückenlehne. „So, mein Vögelchen, erfreue es mich nun mit seinem fröhlichen Gezwitscher", lachte sie meckernd.

Der Ritter schluckte den Kloß in seinem Hals hinunter, holte tief Luft und setzte die Flöte an seine Lippen. Nervös begann er sein Spiel mit ein paar einzelnen Tönen, um sich einzustimmen. Frei von Begeisterung trommelte Brunhilda, fast am Rande ihrer Geduld angelangt, mit den Fingern auf die Armlehnen.

Als seine Nervosität endlich nachließ, kam der Ritter in Fahrt. Es hatte den Anschein, als würde Brunhilda Gefallen an seiner Darbietung entwickeln. Still und voller Aufmerksamkeit lauschte sie den Klängen, die Gregor dem schmalen Stück Holz entlockte.

Nach einem guten dutzend Lieder nickte sie zufrieden. „Er hat nicht zu viel versprochen. Sein Flötenspiel ist in der Tat schön anzuhören. Für heute Abend ist es aber genug. Er wird mir morgen mit seinem Spiel erneut die Zeit vertreiben."

Sie erhob sich und verließ den Saal, ohne sich noch einmal umzudrehen. Gregor wartete, doch auch der Mönch ließ sich nicht mehr blicken. So hatte er sich die Nacht in der Burg wahrlich nicht vorgestellt.

Im Schein der noch brennenden Kerzen untersuchte der Ritter das Schloss und rüttelte an den Stäben. Letzteres hatte zur Folge, dass der Käfig hin und her schwang, wodurch es ihm leicht übel wurde. Er setzte sich so bequem wie es irgend ging hin und wartete darauf, dass das Geschaukel aufhören mochte. Es musste doch einen Weg hinaus geben!

Abrupt stand der Käfig still. Im Kerzenschein sah der Ritter einen schlanken, jungen Mann stehen, der einen der Gitterstäbe festhielt. Freundlich lächelte dieser dem Gefangenen zu, wobei er zwei Reißzähne entblößte.

„Guten Abend, verehrter Ritter", grüßte er. „Euer Flötenspiel hat mir sehr gut gefallen."

Gregor wusste nicht so recht, ob das jetzt gut oder schlecht war, weshalb er beschloss, einfach ruhig zu bleiben. Dies war jedoch leichter gesagt, als getan. So ganz ohne sein Schwert fühlte er sich dem Vampir deutlich unterlegen. Ein Entkommen war wegen des Käfigs auch nicht möglich. Dieser bot auch kein Entkommen vor dem ziegenköpfigen Ungeheuer. An diesem Punkt seiner Überlegung angekommen zuckte der Ritter kurz mit den Schultern, dann kroch er durch den Käfig zu dem anderen Mann.

„So denn, Vampir, beendet dieses unwürdige Dasein, bevor dies das Ungeheuer dieser Burg tut." Mit diesen Worten reckte der edle Ritter seinen Hals zu dem Blutsauger.

Der junge Mann schüttelte seine langen, blonden Locken. „Ich ernähre mich überwiegend vom Blut des Wildes, das hier im Wald haust. Zwar bin ich dem Angebot von Euch zu naschen nicht gänzlich abgeneigt, aber das würde Euch höchstens schwächen, keinesfalls töten." Er sah den Ritter verführerisch an. „Vielleicht wärt Ihr danach aber sogar munterer. Mein Name ist übrigens Anton von Waidenfels."

Gregor sah sein Gegenüber skeptisch an und wusste nicht, was er davon halten sollte. Er setzte sich so bequem wie möglich auf den Boden des Käfigs und wartete ab, was der Vampir von ihm wollen mochte. Lange musste er nicht auf die Antwort warten.

„Mein lieber Gregor, ich darf Euch doch Gregor nennen?", fragte Anton, wartete jedoch erst gar keine Antwort ab. „Als Brunhilda verzaubert wurde, war ich zufällig in der Nähe der Burg. Ich bin mir sicher, dass es nicht der Wunsch des Zauberers war, mich in den Zauber einzubeziehen, aber genau das ist passiert." Theatralisch seufzte er. „Seither kann ich den Bannkreis, den er über die Burg verhängte, nur in meiner Fledermausgestalt verlassen. Eine sehr kleine Fledermausgestalt, wie ich gestehen muss. Ich habe fünfzig Jahre gebraucht, um festzustellen, dass ich den Bannkreis in meiner Fledermausgestalt verlassen kann. Da konnte ich nicht mehr zu den Ländereien meines Vaters zurückkehren und meinen Erbanspruch geltend machen. Zumal es da auch ein winzig kleines Problem gibt." Erneut machte Anton eine Pause.

Nachdem er sich kunstvoll geräuspert hatte, fuhr er fort: „In meiner Fledermausgestalt kann ich keine Kleidung und auch nichts von den vielen Schätzen des Ungeheuers mitnehmen. Ohne das eine wie das andere ist es schwierig von hier wegzugehen und anderswo ein geruhsames Leben zu beginnen."

Ritter Gregor hatte den Ausführungen bislang ruhig zugehört, doch jetzt platzte es förmlich aus ihm heraus: „Woher wisst Ihr meinen Namen?"

Erstaunt zog Anton eine Augenbraue nach oben. „Ich erzähle Euch von meinem Leben und das ist alles, was Euch interessiert? Eigentlich sollte ich jetzt beleidigt sein. Aber ich will nicht so sein. Das Ungeheuer und der Mönch bewohnen nur einen kleinen Teil der Burg. Deshalb habe ich mich in einem verlassenen Teil der Burg häuslich niedergelassen. Besuche sind hier sehr selten. Als ich Euch ans Tor klopfen hörte, habe ich in meiner Fledermausgestalt Euer Gespräch mit angehört. Später bin ich dann in den hinteren Teil dieses Saales geflogen. Wie schon gesagt, Abwechslung in Form von Besuch ist hier sehr selten. Natürlich durfte ich mich nicht blicken lassen, aber mitbekommen habe ich schon, was Brunhilda mich Euch angestellt hat."

„Aha", ließ sich der Ritter daraufhin vernehmen.

„Und weil Euch langweilig ist, soll ich Euch jetzt die Zeit vertreiben, solange ich nicht der Spielmann des Ungeheuers bin."

Anton setzte wieder sein charmantestes Lächeln auf. Dass er dabei seine Reißzähne zeigte, war ihm nicht bewusst. „Jein, mein lieber Gregor. Ich würde mich schon gerne an Eurer Gesellschaft erfreuen, aber nicht hier. Brunhilda ist nicht die einzige, die zwar vom Bann getroffen wurde, aber auch gewisse magische Fähigkeiten erhielt. Ich kann seither jedes Schloss öffnen, egal wie kompliziert es aufgebaut ist. Bislang keine sehr nutzbringende Eigenschaft. Aber damit kann ich Euch aus dem Käfig befreien und Euch auch die Türen und Tore der Burg öffnen."

Misstrauisch beäugte Gregor den Vampir: „Das wollt Ihr aber sicher nicht aus reiner Nächstenliebe für mich tun, oder?"

„Das habt Ihr richtig erkannt, mein Lieber. Ich habe einen Vorschlag für Euch, der für uns beide vorteilhaft ist. Ich befreie Euch, dann gehen wir nach oben. Ihr holt Euren Bogen, ich einen großen Beutel zum Umhängen. In diese stopfen wir so viel Gold und Juwelen aus der Schatzkiste des Ungeheuers, wie reingeht und Ihr noch tragen könnt. Meine Kleidung muss auch noch irgendwie mit. Wie bereits erwähnt, kann ich nur in Fledermausgestalt den Bannkreis verlassen."

„Was geschieht, wenn wir den Bannkreis verlassen haben?", fragte der Ritter noch immer misstrauisch.

„Dann werdet Ihr eine fröhliche Weise für mich spielen. Was wolltet Ihr denn überhaupt in dieser einsamen Gegend?", kam schnell die Gegenfrage von Anton.

Gregor überlegte, ob er dem Vampir auf die Nase binden sollte, was er in den Grenzlanden zu suchen hatte. Schließlich zuckte er mit den Schultern. Seine Situation war nicht die Beste. Suchte er einen Verbündeten, um die Burg verlassen zu können, musste er wohl die Frage beantworten oder das Risiko eingehen, dass er vergebens auf seine Befreiung wartete. „Ich habe mich auf eine Queste begeben, um einen Zwergenedelstein zu erwerben. Damit gedenke ich Herz und Hand der schönen Brigitta zu erlangen."

„Warum steckt hinter so etwas eigentlich immer eine Frau?", kommentierte Anton kopfschüttelnd. Er überlegte, ob er Gregor sagen sollte, dass viele der Edelsteine in Brunhildas Schatzkiste von den Zwergenlanden stammten. Er entschied sich jedoch dagegen, wenn der Ritter davon überzeugt war, erst noch zu den Zwergen gehen zu müssen, könnte er ihn begleiten und hätte so zumindest für eine kurze Zeitspanne einen Weggefährten, so wäre er nicht so alleine. Vielleicht würde er Gregor sogar in dessen Heimat begleiten können.

Laut sagte er: „Die Zeit drängt. Also folgender Vorschlag: Wenn wir aus dem Bannkreis heraus sind, teilen wir die Schätze unter uns auf. Dann begleite ich Euch zu den Zwergenlanden. Abends, wenn wir ruhen, werdet Ihr ein wenig auf Eurer Flöte spielen. Was meint Ihr dazu?"

Gregor überlegte nicht lange. Selbst wenn der Vampir alles Geschmeide für sich beanspruchte, hatte er so die Möglichkeit, dem Ungeheuer zu entkommen. „Einverstanden, Anton von Waidenfels. Ich gebe Euch mein Ehrenwort als Ritter, dass ich den erbeuteten Schatz redlich mit Euch teilen werde, sollte es uns gelingen, den Bannkreis zu verlassen."

„Euer Ehrenwort genügt mir." Mit diesen Worten verschwand der Vampir in der Dunkelheit und ließ einen verwunderten Ritter zurück.

Bereits kurze Zeit später kam er jedoch zurück, das Schwert des Gefangenen in den Händen haltend. „Ich glaube, das könnt Ihr gut gebrauchen." Er zeigte an seine Seite. „Ich habe mir auch eines von der Wand genommen. Ich bin zwar etwas aus der Übung, aber das wird schon wieder – hoffe ich."

Dann legte er seine Hand auf das Schloss des Käfigs.

Kurze Zeit später schlichen die beiden Männer in das obere Stockwerk zu dem Zimmer, dass Gregor zugewiesen worden war. Zur Erleichterung des Ritters, lagen sein Bündel und sein Bogen mit Köcher noch in der Truhe. Er musste nicht lange im Gang warten, bis Anton mit zwei Beuteln in der Hand erschien. „Der große für das Geschmeide, der kleine für meine Kleidung", flüsterte er lächelnd.

Leise schlichen sich die Männer wieder in den Speisesaal. Anton nahm eine der noch immer brennenden Kerzen und leuchte so dem Ritter den Weg zur Schatztruhe. Diese war mit einem Schloss versehen, das aber im Handumdrehen, in diesem Falle im Handauflegen, von dem Vampir geöffnet wurde.

Wie strahlten das viele Gold und die Juwelen im Licht der Kerze. Vor lauter Entzücken hätten die beiden Männer fast vergessen, den mitgebrachten Beutel mit Geschmeide zu füllen. Schließlich rissen sie sich von dem Anblick los und griffen beherzt zu.

Nachdem der Beutel gefüllt und die Schatztruhe wieder geschlossen war, erschütterte ein Donnerschlag die Mauern der Burg.

„Oh nein, das Ungeheuer ist erwacht. Nehmt Eure Beine in die Hand, wir müssen so schnell wie möglich von hier verschwinden. Nehmt meine Hand, Gregor. Ich kann auch im Dunkeln unseren Weg nach draußen erkennen. Mit der Kerze in der Hand könnt Ihr nicht schnell genug rennen, zumindest nicht, ohne dass Euch das Licht ausgeblasen wird." Anton strecke dem anderen Mann seine Hand hin.

Nach kurzem Zögern ergriff der diese, dann löschte er die Kerze. Kaum war das Licht erloschen, als Gregor bereits einen Zug an seiner Hand fühlte. Blind folgte er dem Vampir. Zumindest bis zur Grenze war er bei diesem sicher. Der Ritter fühlte, dass ihn der Vampir nicht angelogen hatte, was sein Unvermögen betraf, den Bannkreis in seiner menschlichen Gestalt und somit mit Kleidung und genügend Gold für eine Reise zu verlassen. Was danach kam, würde dann entschieden werden.

Mehrfach machten verschiedene Körperteile des Ritters Bekanntschaft mit Hockern, Mauervorsprüngen und Türklinken. Jetzt war Gregor froh, dass er keine Rüstung trug. Diese hätte bei jeder unsanften Begegnung mit dem Mobiliar gescheppert und so das Ungeheuer auf sich aufmerksam gemacht.

So ging die Flucht fast lautlos vonstatten, auch wenn er den einen oder anderen Fluch unterdrücken musste. Schließlich standen die beiden im Burghof. Ein Blitz erleuchtete die Szene und ließ die Männer zusammenzucken. Nur ein Steinwurf entfernt stand der Mönch mit einem scharf aussehenden Dolch in der Hand. Anton fauchte wie eine wütende Katze und zeigte dem Kuttenträger seine Reißzähne. Dieser ließ vor Schreck den Dolch fallen. „Zu Hülf, verehrte Gräfin! Der Gefangene will fliehen. Er wird von einem Monster begleitet!"

Noch während der Mönch nach seiner Herrin schrie, zog Anton Gregor mit sich an den dem schreienden Mann vorbei. „Schnell, Brunhilda wird bald da sein. Ich weiß nicht, wie viel ich ihrer Zauberkraft entgegensetzen kann."

An der Burgmauer angekommen, donnerte es fast ununterbrochen, so dass eine Verständigung nicht mehr möglich war. Das war aber auch nicht notwendig. Ein Blitz enthüllte die Gestalt des Ungeheuers, die soeben den Mönch erreicht hatte und wütend zu den beiden Männern herüber starrte. Mit zitternden Fingern legte Gregor einen Pfeil auf die Sehne des Bogens, den er vorsichtshalber bereits gespannt hatte, als er ihn aus der Truhe genommen hatte. Blind schoss er den Pfeil in die Richtung ab, in der er Brunhilda gesehen hatte. Ein unmenschlicher Schrei und ein gewaltiger Donnerschlag zeigten ihm, dass er getroffen hatte.

Im darauffolgenden Licht eines Blitzes sah er, dass sein Pfeil in einem der Oberschenkel des Ungeheuers steckte, was dieses aber nicht wirklich aufhielt. Schnell schlüpfte er durch die zwischenzeitlich geöffnete Pforte und schloss sie hinter sich. Er nahm nicht an, dass die Holztüre das Ungeheuer wirklich aufhalten würde, aber jede Sekunde Vorsprung war wichtig, um zu entkommen. Anton hatte die gleiche Idee und schloss die Tür wieder ab. Dann nahm er erneut die Hand des Ritters und gemeinsam liefen sie um ihr Leben.

Sie waren erst wenige Schritte in den Wald hinein gelaufen, als sie hinter sich ein lautes Krachen hörten. Anscheinend hielt sich das Ungeheuer nicht lange damit auf, das Schloss der Tür zu öffnen sondern war gerade dabei, diese einfach aufzubrechen.

Der Weg, den Anton ausgesucht hatte, war eher ein Trampelpfad, denn ein wirklicher Weg. Gregor, im dunklen Wand wie blind, stolperte mehr hinter dem Vampir her, als dass er lief. Hätte er sich nicht krampfhaft an der Hand des Vampirs festgehalten, wäre er verloren gewesen. Viel zu schnell hörten sie Brunhilda hinter sich durchs Gestrüpp brechen.

„Schneller", zischte Anton seinem Begleiter zu. Schon stolperte dieser wieder.

Schwer atmend fragte Gregor: „Was passiert, wenn wir den Bannkreis erreichen?"

Es zuckte kurz an der Hand des Ritters, der Vampir hatte wohl mit den Schultern gezuckt. „Ich weiß, dass ich mich in eine Fledermaus verwandeln muss, um rauszukommen. Ich hoffe, Ihr haltet Euren Teil der Abmachung ein und nehmt meine Kleidung mit über die Grenze. Brunhilda sollte den Bannkreis nicht verlassen können."

„Sollte? Ihr seid Euch nicht sicher?", wäre er nicht an der Hand weitergezogen worden, wäre Gregor vor lauter Empörung stehen geblieben.

„Ich bin mir ziemlich sicher", kam wenig später die zaghafte Antwort. „Warum sollte das Ungeheuer hier bleiben, wenn sie den Bannkreis verlassen könnte? Aber jetzt solltet Ihr Eure Beine in die Hand nehmen, wenn Ihr herausfinden wollt, ob sie den Bannkreis verlassen kann oder nicht. Noch haben wir einiges an Weg vor uns und den Geräuschen nach, holt Brunhilda auf."

Der Ritter gestattete sich ein kurzes Stöhnen und versuchte, so gut er es vermochte, mit seinem Begleiter Schritt zu halten, der merklich an Tempo zugelegt hatte.

„Ich ... kannich ... mehr", keuchte Gregor einige Zeit später und blieb so abrupt stehen, dass sich der Vampir fast auf seinen Hosenboden gesetzt hätte, als er fast schon an der Hand nach hinten gezogen wurde.

Anton sah nach vorne. Das Ende des Bannkreises war nicht mehr weit. Bald würde er sich in eine Fledermaus verwandeln müssen und seinem Begleiter zusätzlich noch seine Tasche und seine Kleidung aufbürden müssen. Nur allzudeutlich hörte er aber das Ungeheuer durch das Gestrüpp stampfen. Brunhilda hatte die Spur nicht verloren und war nicht mehr weit von ihnen entfernt. Er wollte den Ritter dazu anspornen, sich noch mehr anzustrengen. Ein Blick auf dessen zusammengesunkene Gestalt sagte ihm jedoch, dass die letzten Kraftreserven nicht ausreichen würden, um vor dem Ungeheuer das Ende des Bannkreises zu erreichen. Das durfte einfach nicht wahr sein! Da war seine Freiheit zum Greifen nahe und doch schien es einfach nicht klappen zu wollen.

Er wollte schon frustriert einen Schrei ausstoßen, als sein Blick auf den Bogen von Gregor fiel.

„Schnell, Herr Ritter, gebt mir euren Bogen. Ich versuche, das Ungeheuer soweit zu verlangsamen, dass wir es über die Grenze schaffen."

Sein Begleiter nickte und reichte ihm den Bogen. Schnell griff Anton selbst nach einem Pfeil, legte ihn auf und lief dann ein paar Schritte dem Ungeheuer entgegen. Kurz sank ihm das Herz in die Hose, als er bemerkte, wie nah Brunhilda gekommen war. Er zielte kurz, dann schoss er den Pfeil in das schon verletzte Bein des Ungeheuers. Erschießen wollte er es dann doch nicht, schon weil er sich nicht sicher war, welche Auswirkungen das auf den Zauber haben mochte, der das gesamte Gebiet und auch ihn einschloss.

Er hörte Brunhilda kreischen. Zufrieden sah er, dass das Ungeheuer kurz zusammengesunken war und Schwierigkeiten hatte, das Bein zu belasten. Er hoffte, dass dies ausreichen würde, um dem Ritter und ihm die Flucht zu ermöglichen. Rasch lief er zu Gregor zurück. Dieser schien sich ein wenig erholt zu haben. Nicht wirklich erholt, verbesserte er sich in Gedanken, aber doch so weit, dass er wieder ein paar Schritte würde laufen können.

Er nahm den Ritter erneut an der Hand und dieser stolperte tapfer hinter ihm her. Den Geräuschen nach zu urteilen, konnten sie ihren Abstand zum Ungeheuer halten. Zufrieden grinste der Vampir, als er scheinbar gegen eine Wand lief. Er unterdrückte einen Fluch. Schnell hängte er dem verdutzten Ritter seine Tasche über die Schulter und begann, sich mit fliegenden

Händen auszuziehen. „Ab hier kann ich nur in Fledermausgestalt weiter. Ich hoffe, Ihr haltet Euer Versprechen und tragt meine Kleidung. Ihr müsst so gut es geht gerade aus laufen, dann erreicht Ihr bald die Grenze."

Er legte Gregor seine Kleidung in die Arme und verwandelte sich. Für einen Moment blieb der Ritter noch verdutzt stehen, doch als er das Brechen von Ästen hinter sich hörte, setzten sich seine Beine wie von selbst in Bewegung. Der Wald war hier ein klein wenig lichter und im fahlen Mondschein erkannte er so etwas wie einen Weg. So schnell ihn seine bereits entkräfteten Beine trugen, lief er den schmalen Pfad entlang.

Zwischendurch stieß er leise Flüche aus, weil ihn die zwei Taschen und die Kleidung, die er auf dem Arm trug sowohl beim Laufen, als auch beim Erspähen des Weges hinderten. Das Ungeheuer hatte angefangen zu Schnauben und zu Kreischen. Dies war Ansporn genug, weiterzulaufen, auch wenn er bei jedem Schritt das Gefühl hatte, zusammenzubrechen.

Gregor setzte einen Fuß vor den anderen. Er glaubte, schon den heißen Atem des Ungeheuers im Nacken zu spüren. Das Brüllen seiner Verfolgerin war so nah, dass es ihm in den Ohren weh tat. Der Gedanke daran, was ihm geschehen würde, wenn Brunhilda ihn in ihre Klauen bekam, ließ ihn nochmals alle Kraftreserven aufbieten. Er war sich bewusst, dass er dies nicht mehr lange durchhalten würde. Wenn doch nur dieser Vampir nicht gerade als Fledermaus vor ihm herflattern würde, könnte der ihm vielleicht sagen, wie lange er noch zu laufen hatte. So hörte er jedoch nur das aufgeregte Fiepen des Flatterwesens.

Trotz seiner Angst drehte er sich während des Laufs etwas um, um nach dem Ungeheuer zu sehen. Hätte er das nur nicht getan. Im Augenwinkel sah er, wie Brunhilda mit einer Hand ausholte und auf seinen Rücken zielte. Entsetzt sah er, dass die Finger zu Krallen verformt waren. Ein großer Schritt rettete ihn davor, aufgeschlitzt zu werden. Die Krallen fuhren jedoch so dicht an seinem Körper entlang, dass er den Luftzug am ungeschützten Nacken spürte.

Er beschleunigte seine Schritte nochmals, auch wenn ihm das nur ein Wimpernschlag zuvor unmöglich erschienen war. Ein weiterer Blick über seine Schulter zeigte ihm, dass das Ungeheuer trotzdem ein wenig näher an ihm dran war und erneut mit der Krallenhand ausholte. Der Ritter keuchte auf und bereitete sich auf die Schmerzen vor, die die blutigen Striemen gleich auf seinem Rücken verursachen würden.

Das Ungeheuer stieß einen gellenden Schrei aus. Gregor blickte zurück, stolperte über eine Wurzel und blieb mit weit aufgerissenen Augen liegen. Hinter ihm hämmerte Brunhilda wie eine Besessene gegen eine unsichtbare Wand. Langsam dämmerte dem Ritter, dass er es aus dem Bannkreis heraus geschafft hatte. Vorsichtshalber robbte er noch ein paar Schritte weiter, den Blick wie gebannt auf das Ungeheuer gerichtet.

„Wir haben es geschafft!"

Erschrocken stieß Gregor einen Schrei aus, bemerkte dann aber, dass die Worte von Anton stammten, der nackt neben ihm stand und lächelte.

„Ich danke Euch, edler Ritter Gregor, dass Ihr mich aus diesem Gefängnis befreit und Euer Wort gehalten habt. Jetzt halte ich das meine und bringe Euch in die Zwergenlande, wo ihr einen Edelstein für das Edelfräulein erstehen könnt, dem Euer Herz gehört. Also vorausgesetzt, Ihr gebt mir meine Kleidung."

Der Vampir lächelte noch immer so freundlich, wie das mit Reißzähnen eben möglich ist.

Noch völlig außer Atem streckte der Ritter dem Vampir dessen Kleidung hin. Zu einer Antwort fehlte ihm der Atem.

Nachdem sich Ritter Gregor ausgeruht hatte, machten sich die beiden Männer auf zu den Zwergenlanden und neuen Abenteuern.

Das Ungeheuer jedoch drehte sich enttäuscht um und humpelte zurück zu seiner Burg, um seine Wunden zu heilen und auf den nächsten unvorsichtigen Wanderer zu warten.

# Der Erwählte

Co-Autor: Manfred Polz

Andächtig lächelnd, ja, beinahe schon verliebt besah Max sein Werk, für das er zahlreiche Nachmittage bei verschiedenen Schrott- und Sperrmüllabholungen in den umliegenden Ortschaften investiert hatte. Die Termine hatte er extra im Internet recherchiert. Alles, was ihm für sein Projekt auch nur halbwegs tauglich erschien, wurde dabei eingesammelt.

Nach wochenlangem Verschanzen in einer alten Lagerhalle, die er seine „Bastelstube" nannte, war es endlich vollbracht. Zwar existierte niemals irgend ein Bauplan, dennoch wusste Max, dass die Maschine nun komplett war; bereit, in Betrieb genommen zu werden.

Liebevoll strich er über einige der Ventilatoren, Magnetspulen, Blinklichter und von Elektromotoren angetriebene Hebel und Klappen in unterschiedlichen Größen und Farben. Das Objekt hatte nicht den geringsten Nutzen, denn dies wurde ganz bewusst vermieden. Es war einfach nur ein elektronisches Kunstwerk, weswegen er dieses Gebilde schlicht „Dingsbumsmaschine" nannte, die auf seinem Experimentiertisch immerhin anderthalb auf zweieinhalb Meter in Anspruch nahm.

Ein unglaubliches Gewirr aus bunten Litzen und Steckern, mit zahllosen Kabelbindern und -zig Metern Isolierband an mehreren, hintereinanderliegenden ringförmigen Stahlrohren fixiert, verliehen dem Objekt zusätzlich das dramatische Erscheinungsbild eines höchst wissenschaftlichen Experiments.

Alles war so miteinander verbunden und verdrahtet, dass es mit einem einzigen Schalter in Gang gesetzt werden konnte. Ja, das war schon eine gigantische Leistung, hiermit würde er in einschlägigen Kreisen sicherlich einen ganz exklusiven Frickelpreis gewinnen können. Dekorativ stellte er seine geliebte Drachenfigur aus Hartplastik vor die Anlage; sie sollte „der Bewacher der Höhlen" sein. Mit einer Größe von ungefähr zehn Zentimetern wirkte sie im Verhältnis allerdings winzig.

Der Moment der Wahrheit war gekommen. Gespannt legte Max den Hebel um. Sofort begannen die vielen Lichter zu leuchten und zu blinken, mit etwas Verzögerung liefen auch die Ventilatoren und Motoren an. Ständig klickte, brummte und rappelte es nun an einer anderen Stelle, während die Propeller ordentlich an Drehzahl zulegten. Fasziniert betrachtete er, wie sich durch das Zusammenwirken der Rotorblätter und der Blinklichter in der Mitte der Maschine ein Farbenspiel ergab, das wie ein Spiralnebel im Weltall aussah. Es war so wunderschön, dass der junge Mann den Blick nicht abwenden konnte.

Mittlerweile erzeugte die Maschine einen kräftigen Sog, den er niemals erwartet hätte. Max hatte zwar keine Erklärung dafür, warum dies so war, fand es aber gerade deswegen äußerst spannend.

Dieses Phänomen musste natürlich sofort studiert und analysiert werden. Dazu stellte er sich seitlich neben die tosende Apparatur. Um zu fühlen, mit welcher Kraft der Luftstrom austreten würde, hielt er eine Hand hinter die Maschine. Doch als er nach mehrmaligem Ändern der Handposition nicht den leisesten Hauch verspürte, stutzte er gehörig. Ungläubig starrte er seine Maschine an, die indes unvermindert weiterrumorte. Wie war das möglich? Wie, in aller Welt, konnte das sein? Wenn vorne Luft angesaugt wurde, musste die doch hinten auch wieder rauskommen! Wo also ging die hin? Es waren doch ganz gewöhnliche, unspektakuläre Bauteile, die er da verwendet hatte, oder?

Erschrocken fuhr er herum, als plötzlich seine geliebte Drachenfigur in die Maschine gezogen wurde.

„Nein!", rief er entsetzt. Gleich darauf flog noch ein zusammengerolltes Poster hinterher, das auf dem Tisch gelegen hatte. Jetzt wurde ihm die Angelegenheit doch zu brenzlig.

„So ein Mist!", brüllte er aufgebracht. In seiner Panik warf er sich mit einem Hechtsprung unter den Tisch, um hastig das Stromkabel aus der Steckdose zu reißen. Alles andere hätte zu lange gedauert.

Nachdem die Propeller zum Stillstand gekommen waren, suchte er in den Tiefen des Zusammenbaus nach Figur und Poster.

Fünfzehn erfolglose Minuten später machte sich allmählich Verzweiflung in ihm breit.

„Wo ist es? WO IST ES? ES KANN DOCH NICHT EINFACH WEG SEIN!", schrie er hysterisch. Weder in noch um die Maschine herum war von Figur oder Poster etwas zu finden, nicht einmal der kleinste Schnipsel.

Max setzte sich resigniert auf den Boden neben seiner Kreation, die doch eigentlich bloß ein flackerndes Kunstwerk voller Action hätte sein sollen. Er verstand die Welt nicht mehr. Oder besser gesagt, die Gesetze der Physik. Einige Minuten lang saß er fassungslos nur so da und starrte kopfschüttelnd auf sein Machwerk. Schließlich erhob er sich müde.

Nachdem er sich mehrfach versichert hatte, dass alle Teile der Anlage auch ganz bestimmt abgeschaltet waren, schob er sich erschöpft in den Nebenraum, der im Grunde eine komplette Ein-Zimmer-Wohnung war. Diese hatte sich der Tüftler eingerichtet für den Fall, dass er es abends vor Müdigkeit nicht mehr nach Hause schaffen würde, weil es vor lauter Enthusiasmus wieder einmal später geworden war, was gar nicht so selten vorkam.

So auch heute. Das Beste würde jetzt sein, einfach zu Bett zu gehen. Für den Moment waren es dann doch zu viele ungelöste Rätsel auf einmal. Vielleicht würde er ja morgen bei Tageslicht Antworten finden.

Irgendwo anders, irgendwann anders, in Raum und Zeit...

... schlenderte Guthfried entspannt in dem schmalen Waldstück umher, das zwischen der Siedlung und seiner Hütte lag, wo er in Ruhe und Abgeschiedenheit lebte. Dabei war es keineswegs so, dass er zur Einsamkeit verdammt gewesen wäre, weil ihn die Dorfbewohner verjagt hatten – ganz im Gegenteil.

Wann immer er den nahegelegenen Ort besuchte, waren die Menschen stets erfreut, ihn zu sehen. Freundlich grüßten sie und winkten ihm lächelnd zu, fragten fürsorglich, ob es ihm den wohl ergehe und nutzten die Gelegenheit für eine kleine Plauderei, wobei er oftmals dazu ermuntert wurde, doch innerhalb der Siedlung ein Häuschen zu beziehen.

Aber so herzlich die Bewohner dieses Dorfes ihm gegenüber auch sein mochten – außerhalb der Gemeinde, umgeben von Wald, fühlt er sich einfach wohler, was mit seinem Beruf zusammenhängen mochte, denn Guthfried war trotz seiner jungen Jahre einer der besten Jäger und Fallensteller der ganzen Umgebung. Denn bereits sein Vater, wie auch schon dessen Vater, waren Fallensteller und Jäger gewesen, die sich von ihren Söhnen zur Arbeit begleiten ließen, so oft es möglich war. Auf diese Weise hatte Guthfried diesen Beruf schon von Kindesbeinen an kennengelernt, weswegen er mit seinen nunmehr vierundzwanzig Jahren so gewandt und treffsicher war wie kaum ein anderer; sei es mit dem Speer, als auch mit Pfeil und Bogen.

Zudem brachten seine Fallen stets hohen Ertrag, wodurch es der Jäger zwischenzeitlich zu einem der wohlhabendsten Männer des ganzen Dorfes gebracht hatte, und dies sogar ganz ohne Grundbesitz.

So hatte ihm vor gut einem Jahr der reichste Bauer des Dorfes die Hand seiner zweitgeborenen Tochter Edeltrud angetragen. Guthfried zeigte sich hierüber nicht unerfreut, auch wenn seine Braut der schönsten Maid im Dorf nicht unbedingt den Rang ablaufen konnte. Doch war sie allemal ansehnlicher als ihre ältere Schwester, welche schon vor Jahren mit einem gut betuchten Müller aus dem Nachbardorf verheiratet worden war. Zudem machte die reiche Aussteuer, welche die jüngere Tochter mitbrachte, deren wenig attraktives Gesicht in den Augen des jungen Jägers mehr als wett, weswegen er der vorgeschlagenen Heirat geradeheraus zugestimmt hatte.

Kaum ein Jahr nach der Vermählung stand seine Frau schon kurz vor der Niederkunft, was Guthfried mit Stolz erfüllte, denn er hoffte auf einen Sohn, der die Familientradition weiterführen würde.

Ein fröhliches Lied vor sich hinpfeifend spazierte er also den Waldweg entlang, wo ihm bei dem Gedanken an das schöne Stück gebratene Rehkeule, das ihn zu Hause erwarten würde, das Wasser im Munde zusammenlief. Plötzlich wurde er von einem heftigen Windstoß so stark nach vorne gedrückt, dass er beinahe gestrauchelt wäre. Noch während er völlig überrumpelt damit beschäftigt war, das Gleichgewicht zu halten, traf ihn etwas Hartes am Hinterkopf.

„Aua!" Guthfried zuckte zusammen, rieb mit der Hand die schmerzende Stelle. Verärgert drehte er sich rasch nach hinten, um zu sehen, wer sich derartigen Schabernack mit ihm erlaubte. Doch der Jägersmann staunte nicht schlecht, als er einen seltsamen, drehenden Lichtschimmer erblickte, der sich etwa auf Kopfhöhe befand, aus welchem ihm dieser kräftige Wind entgegenblies.

Was war das bloß? Etwa eine Folge des Schlags auf den Hinterkopf, dass er nun Sterne sah? Doch dieser Luftstrom war ganz gewiss nicht nur Einbildung.

Kräftig stemmte er sich dem entgegen, um diese faszinierende, ja beinahe schon hypnotisierende Erscheinung genauer betrachten zu können. Auch wenn dieses Leuchten einerseits beängstigen war, weil Guthfried noch niemals zuvor etwas Vergleichbares gesehen hatte, war es genau aus diesem Grunde für ihn so überaus interessant. Zudem war es wunderschön. Bis ihm ein großes Stück gerollten Pergaments mitten ins Gesicht klatschte.

„Aua!", rief er erneut, aber diesmal eher vor Schreck als vor Schmerz. Zwar hatte er sich reflexartig abgewandt, doch war dieser Gegenstand so völlig unvorhersehbar aufgetaucht, dass er nicht schnell genug hatte reagieren können.

Aber woher stammte der eigentlich? Eine Antwort sollte ausbleiben, denn so plötzlich, wie der Wind aufgekommen war, so plötzlich hatte er sich auch wieder gelegt, was zur Folge hatte, dass der junge Mann einmal mehr damit zu tun hatte, nicht umzufallen. Guthfried blickte zurück zu der Stelle, wo sich vorhin dieses Schimmern befand, doch es war nichts mehr davon zu sehen. Hatte er dies etwa nur geträumt? Spielten ihm seine Sinne vor lauter Hunger etwa schon Streiche? Der Schmerz am Hinterkopf sprach allerdings dagegen.

Dann fiel sein Blick auf das gerollte Bündel, das vor ihm auf dem Waldweg lag, was ihm die Gewissheit gab, doch nicht halluziniert zu haben. Als er sich danach bückte, um es aufzuheben, fiel ihm ein kleiner, dunkelgrüner Gegenstand auf, der ebenfalls nicht hierher gehörte.

Guthfried nahm die beiden Dinge an sich, suchte dann die nähere Umgebung ab, fand aber nichts Außergewöhnliches mehr. Seufzend setzte er den Weg nach Hause fort. Den kleinen Gegenstand – was immer das auch sein mochte – stecke er in seine Jackentasche, das Pergament behielt er in der Hand. Nach dem Abendessen würde er diese Dinge genauer betrachten, doch im Moment war er viel zu hungrig, um einen klaren Gedanken fassen zu können. Schließlich wollte es gut überlegt sein, wie man diesen Fund am besten und vor allem am profitabelsten verkaufen konnte. Dennoch begann er bereits auf den letzten Metern des Heimwegs im Kopf zu überschlagen, was wohl mehr einbringen mochte: das ganze, große Stück Pergament, was wirklich äußerst selten war, oder es doch lieber zerteilen und als viele kleinere Stücke verkaufen. Er war noch zu keinem Ergebnis gekommen, als ihm der Duft von Kräutern und Rehbraten in die Nase stieg, womit endgültig jeder Gedanken, der nichts mit Essen zu tun hatte, beiseitegeschoben wurde.

Kaum hatte der Jäger das Haus betreten, schon überhäufte ihn seine Frau Edeltrud neugierig mit Fragen wegen dem, was er da mitgebracht hatte. „Alles zu seiner Zeit", wiegelte Guthfried gemächlich ab. Das Wichtigste war für ihn jetzt die köstliche Speise, auf die er sich schon während des ganzen Wegs gefreut hatte. Alles andere konnte warten. Erst als er mit einem lauten Rülpser das Mahl abgeschlossen und einen schönen Krug Bier auf dem Tisch stehen hatte, wandte er sich den gefundenen Gegenständen zu. Um seine

Frau noch etwas länger auf die Folter zu spannen, holte er zuerst das Objekt aus der Jackentasche hervor.

Mittlerweile hatte die Dämmerung eingesetzt. Durch das einzige kleine Fenster in der Hütte fiel nur noch schwaches Tageslicht, weswegen Edeltrud zwei Kerzen herbeiholte, um in deren Schein besser betrachten zu können, was ihr Mann nach Hause gebracht hatte. Derweil erzählte Guthfried in knappen Worten, wie diese Sachen in seinen Besitz gelangt waren.

Edeltrud sah ihn zwar zweifelnd an, ersparte sich jedoch jeglichen Kommentar. Als Tochter eines eingefleischten Pfennigfuchsers war sie viel zu neugierig, welchen Preis man mit den fremdartigen Gegenständen wohl erzielen konnte, als dass sie sich lange Gedanken über deren Herkunft machte.

Eingehend studierte Guthfried die Statuette aus ihm unbekanntem Material. Sie war für ihre Größe recht schwer, dabei doch sehr fein und erstaunlich detailgetreu gefertigt. Verblüfft stellte er fest, dass es sich hierbei um ein etwa einen Finger langes Ebenbild einer Echse handelte.

„Sieh nur, diese Zacken, die sich in einer Reihe vom Kopf bis zum Ende des Schwanzes entlang ziehen", machte er seine Frau voller Begeisterung darauf aufmerksam.

Sie sah ihn jedoch nur irritiert an: „Seit wann hat eine Echse denn solche Zacken? Und sieh mal hier – Hörner."

Beide starrte die Figur noch eine zeitlang nachdenklich an, bis Guthfried diese mit unschlüssigem Brummen beiseitelegte, um das rote, glänzende Band von der Rolle zu entfernen, mit dem sie zusammengehalten wurde. Er war gespannt, wie groß das Pergament tatsächlich sein mochte. Auch wenn überhaupt keine Fasern zu erkennen waren, ging er davon aus, dass es sich um eine Art Papier handeln musste. Ohne Frage war es von äußerst feiner Machart. Die mehr als schnurgeraden Kanten machten ihn ganz konfus, denn er konnte sich beim besten Willen nicht vorstellen, wie derartige Präzision überhaupt möglich war. Selbst die Oberfläche war so gleichmäßig und glatt, dass sie im Schein der Kerzen stark spiegelte.

Bisher hatte Guthfried allerdings nur einmal im Leben Papier gesehen. Doch er war sich sicher, dass es in keinster Weise mit dem vergleichbar war, was sich da gerade vor ihm befand.

Er öffnete die Rolle ein kleines Stück und staunte nicht schlecht, als er feststellte, dass nur die eine Seite von ungekanntem weiß, die andere jedoch bunt war. Solche Farben hatte er noch nie gesehen, so leuchtend, und trotzdem war das Material auch auf dieser Seite so glatt, dass man keinen Farbauftrag erkennen konnte. Fasziniert rollte er den Bogen vollends aus. Er war so groß wie der gesamte Tisch in seiner Hütte. Während er noch am Überlegen war, ob er das jetzt tatsächlich als ein Teil verkaufen, oder doch lieber kleinschneiden sollte, stieß Edeltrud einen spitzen Schrei aus und schnappte hörbar nach Luft. Aufgeregt deutete sie mit zitterndem Zeigefinger auf das, was da zu sehen war.

„Das – das muss ein Zeichen der Götter sein!", stotterte sie wie von Sinnen. Sie fiel auf die Knie und fing an zu beten.

Verblüfft sah Guthfried zu seiner Frau, dann betrachtete er das Bild genauer. Jetzt sog auch er scharf die Luft ein. Als er erkannt hatte, was es darstellte, stolperte er vor Schreck einen Schritt zurück: eine riesige Echse, die mit ihrem Feueratem gerade ein Dorf niederbrannte. Das Schuppentier war mindestens dreimal so groß wie seine Hütte.

„Ein Drache!", hauchte er fassungslos, bevor er nochmals nach der kleinen Figur griff, um sie mit der Darstellung auf dem Bild zu vergleichen. Ein kurzer Blick genügte: „Auch ein Drache!"

Der Jäger sprach zu seiner Gattin, die mit gesenktem Kopf noch immer betend auf dem Boden kniete. „Frau, du hast recht. Das muss wahrlich ein Zeichen der Götter sein. Bestimmt wollen sie uns warnen, weil die Geschichten der Alten wahr sind und Drachen wahrhaftig existieren. Wir müssen sofort den Dorfrat einberufen!"

Edeltrud unterbrach ihr Beten, sah mit großen Augen zu ihm hoch, dann erwiderte sie verständnisvoll: „Ja, das machen wir. Lass' uns sofort aufbrechen."

Damit liefen die beiden in der zunehmenden Dunkelheit eilig durch den Wald ins Dorf.


Bis weit in die Nacht hinein diskutierten die Ältesten, allerdings ohne zu einem Ergebnis zu kommen. Am nächsten Morgen war das Ereignis bereits überall im Ort bekannt, so dass die Fortsetzung der Besprechung schließlich im Freien auf dem Dorfplatz stattfand, um allen Einwohnern die Gelegenheit zu geben, sich zu beteiligen.

Als am späten Vormittag die Händler ins Dorf kamen, wunderten sie sich über den Volksauflauf. Doch kaum hatten sie von der ungeheuerlichen Nachricht erfahren, vergaßen sie, weshalb sie eigentlich gekommen waren. Den Einwohnern gleich ließen sie alsbald die Arbeit liegen, um der Debatte beiwohnen zu können, die sich noch bis zum späten Nachmittag hinzog, wobei sich aufgrund von Meinungsverschiedenheiten immer wieder mal kurze Schlägereien ereigneten.

Vom beinahe endlosen Durchdiskutieren erschöpft kam man über die Deutung des Zeichens zu dem Schluss, dass die Götter in einem speziell für sie errichteten Tempel geehrt werden sollten. Dieser musste mit einem Glockenturm ausgestattet sein, damit es dem Tempelwächter möglich war, einen herannahenden Drachen schon von Weitem zu sehen und die Dorfbewohner durch Glockengeläut vor der Gefahr warnen zu können.

Die Wahl des Tempelwächters fiel auf den besten Bogenschützen des Dorfes. Wer sonst wäre hierzu besser geeignet als Guthfried, der im Falle eines Angriffs den Drachen auch erlegen sollte, zumal ihm die Warnung ja persönlich übermittelt worden war.

Zwölf Monate später war – für die Verhältnisse des Dorfes – ein prächtiger Tempel entstanden. Die Geschichte hatte sich weit herumgesprochen, wodurch sich von überall her freiwillige Helfer meldeten, die zum Teil auch exotisches Baumaterial wie seltene

Hölzer oder Steinplatten mit einzigartiger Zeichnung mitgebracht hatten.

Neben einigen Wirtschafts- sowie Privaträumen gab es in dem Prachtgebäude vor allem einen Saal, der mit ‚Heiligtum' bezeichnet wurde. Eine brusthohe Säule, reich mit geschnitzten Drachendarstellungen verziert, markierte die Mitte dieses Hauptraumes. Hier war die kleine, dunkelgrüne Drachenfigur platziert, die Guthfried damals im Wald gefunden hatte.

Nahe der Wand stand auf einem flachen Podest der thronähnliche Stuhl des Erwählten mit seinen aufwändig bearbeiteten und üppig gepolsterten Armlehnen.

Direkt darüber hing in einem kunstvoll geschnitzten Rahmen das Poster mit dem feuerspeienden Drachen, womit auch diesem Artefakt auf respektvolle Weise gehuldigt wurde.

Selbst ein Garten war angelegt worden. Wie bei Adelsschlössern üblich sollte dieser ausschließlich dazu dienen, dass der Erwählte, wie sie den Tempelwächter zwischenzeitlich nannten, dort lustwandeln und sich von seiner verantwortungsvollen Aufgabe erholen konnte.

Zur Einweihung kamen sogar der Landesfürst und die obersten Priester des Landes, um den Bau zu segnen. Der König überließ eine großzügige Spende, die es dem Erwählten ermöglichen sollte, sich voll und ganz auf seine Aufgabe konzentrieren zu können, auf dass er nicht durch profane Arbeiten abgelenkt würde.

Voller Ehrfurcht dankte Guthfried dem König und den Priestern und versprach, sein Amt so gut auszufüllen, wie er es nur vermochte.

Weitere vier Jahre später hatte sich Guthfried mit seiner Frau und seinen mittlerweile zwei kleinen Söhnen gut in das Amt des Erwählten eingelebt. Nach wie vor kamen aus allen Ecken des Landes Freiwillige, um ihm für die Dauer von ein paar Monaten zu dienen. Die Arbeit war ein beliebter Pilgerdienst, selbst beim niedrigen Adel. Schließlich musste man sogar Geld dafür bezahlen, dass man den Dienst ausüben durfte.

Durch das viele Nichtstun und das reichliche, gute Essen war der Erwählte mittlerweile so beleibt, dass er schnaufte wie ein angriffslustiger Stier, wenn er drei Mal täglich die Stufen zur Plattform am oberen Ende des Turms hinaufstieg, um nach dem Drachen Ausschau zu halten. Am liebsten wäre er im Audienzsaal sitzen geblieben, um sich weiter verwöhnen zu lassen, hatte dann aber doch Bedenken, dass es seine Anhänger missbilligen würden, sollte er die Zahl der Wachgänge verringern. Da nahm er doch lieber den anstrengenden Weg hinauf zum Turm in Kauf, bevor noch jemand auf den Gedanken kam, dass er abgelöst werden müsse.

Die Tage plätscherten so dahin, Guthfried und seine Frau wurden immer fetter, fauler und dekadenter. Dies störte jedoch niemanden, da man ja bei dem Erwählten keine normalen Maßstäbe ansetzen durfte.

Dragonius, der Letzte seiner Art in diesem Land, lauschte viele Meilen vom neuen Tempel entfernt wieder einmal vorsichtig dem, was sich Händler und sonstige Reisende an ihren Lagerfeuern zu erzählen wussten. Zuletzt hatten die Menschen vor dreihundert Jahren erfolglos Jagd auf ihn gemacht. Seither hatte der Drache gelernt, sich vor ihren Augen zu verbergen.

Im Wald zu leben war zwar angesichts seiner Größe manchmal etwas eng, auch kam er auf diesem Boden nicht schnell voran. Jedenfalls nicht, ohne eine Schneise gefällter Bäume zu hinterlassen. Doch mit seinem dunkelgrünen Körper war er hier optimal getarnt. Vor Blicken geschützt und mit entsprechender Umsicht bestand auch gar kein Grund, sich schnell bewegen oder gar fliehen zu müssen. Im Gegenteil: je seltener er Bäume entwurzelte oder abbrach, desto weniger achteten die Menschen auf ihn. Zwischenzeitlich hatten die meisten sowieso bereits vergessen, dass es ihn überhaupt gab.

Doch mit den Jahrzehnten war es für Dragonius etwas langweilig geworden. So hatte er begonnen, sich des Nachts bis auf wenige Meter an Lagerfeuer heranzuschleichen, um den Unterhaltungen der Menschen zu lauschen. Hatte der Drache genügend davon gehört, zog er sich mit einem erlegten Hirsch oder Reh als Futtervorrat in seine Höhle zurück, ging in Gedanken nochmals das Gehörte durch und erzählte es sich selbst dann neu oder mit einem anderen Ende. Wurde auch dies zu langweilig, begab er sich auf die Suche nach neuen Geschichten.

Gerade wurde am Lagerfeuer wieder etwas erzählt, das er noch nicht kannte. Dragonius spitze seine Ohren. Angestrengt lauschte er, um auch ja nichts davon zu verpassen.

„Du hast also gerade deinen Dienst beim Erwählten im Tempel beendet? Sag, was ist er für ein Mann?" Unverhohlene Neugier schwang in der Stimme mit.

Sein Gegenüber antwortete nicht sofort, er musste wohl nach den passenden Worten suchen.

„Um ehrlich zu sein, er ist nicht so, wie ich ihn mir vorgestellt hatte. Ich meine, wenn man an einen Erwählten denkt, erwartet man doch eine gewisse Souveränität, Ausstrahlung und – ich weiß nicht – Güte?"

„Nun ja, allzu gütig sollte er wohl nicht sein. Er ist schließlich derjenige, der den Drachen erlegen soll, wenn er kommt und alles zerstören will. Da ist dann schon eine gewisse Härte und Disziplin nötig."

Ein tiefer Seufzer erklang. „Genau das ist der Punkt, den ich nicht verstehe. Nach allem, was ich im Dorf gehört habe, war er der beste Jäger und Fallensteller der ganzen Gegend. Aber jetzt ist er nur noch fett, faul und bräsig. Er lässt sich selbst wie einen Heiligen verehren und von allen Seiten bedienen. Er steigt tatsächlich morgens, mittags und abends die Stufen zum Turm hinauf und hält nach dem Drachen Ausschau. Das könnte jeder andere auch, und gewiss viel besser. Aber seit Jahren hatte er weder Bogen noch Speer in der Hand. Wozu auch? Es wird ihm ja alles gebracht. Ich glaube nicht, dass er es schafft, einen Drachen zu erlegen, sollte tatsächlich einer kommen."

Nach einem abschätzigen Schnauben war es wieder still am Lagerfeuer.

Leise zog sich Dragonius zurück. Das waren interessante Neuigkeiten. Angestrengt überlegte er: von diesem sogenannten ‚Erwählten' hatte er nun schon häufiger gehört. Er gewann den Eindruck, dass sich hier jemand auf Kosten der Drachen einen faulen Lenz machte. Eigentlich wollte Dragonius nur in Ruhe gelassen werden, doch dies ging gegen seine Drachenehre. Das konnte er nicht einfach so auf sich und den anderen Drachen sitzen lassen. Daher nahm er sich vor, diesem Tempel einen Besuch abzustatten, und zwar sofort, denn die Nacht war noch jung, zudem reichlich bewölkt, da würde er nur schwer zu entdecken sein.

Aufgebracht breitete Dragonius seine gewaltigen Schwingen aus, stieß sich von Boden ab und gewann lautlos mit kräftigem Flügelschlag schnell an Höhe. Unbeabsichtigt blies er damit beinahe das Lagerfeuer der beiden Reisenden aus, die sich schreckerfüllt vor dem plötzlichen Luftstoß zu schützen versuchten.

Schnell trug ein gnädiger Wind den Drachen in die gewünschte Richtung, hin zu jenem Ort, wo er aufgrund der mitgehörten Erzählungen die Wohnstätte des Erwählten vermutete.

Zahlreiche Dörfer sowie die Burg eines Adligen hatte er schon überflogen, ohne dass ihm etwas Besonderes aufgefallen wäre. Die nächste Siedlung mit den typischen Hütten kam in Sichtweite.

„Schon wieder so ein langweiliges Kaff!", dachte er bei sich. Doch was war das? Als sich Dragonius dem

Dorf weiter näherte, erkannte er an dessen Ende ein Gebäude, das sich in seiner Größe deutlich von den anderen Bauten abhob. Zudem war es um einiges prächtiger als die üblichen Hütten. Nicht prächtig genug, um das Schloss eines Adeligen zu sein, doch auch kein normaler Tempel, wie er an dem ungewöhnlichen Turm mit der Glocke sehen konnte. Unter dem Mantel der Nacht flog Dragonius noch näher heran. Da er auch bei Dunkelheit sehr gut sehen konnte, erkannte er, dass es sich bei den Statuen im Garten um Drachendarstellungen handelte. Somit war der Tempel des Erwählten offensichtlich gefunden.

Nach einer fast lautlosen Umrundung des Gebäudes führte ihn sein Weg zum nächstgelegenen Wald, wo er sich sein weiteres Vorgehen genau überlegen wollte.

Doch leerer Magen denkt bekanntlich nicht gut. Da kam ihm dieses große Wildschwein gerade recht, das soeben nichtsahnend auf das freie Feld herausgetreten war. Ein überraschender Sturzflug, ein geübter Griff, und schon war seine Nahrungsversorgung gesichert.

Um vor neugierigen Blicken geschützt zu sein, suchte sich Dragonius anschließend einen Felsüberhang, unter welchem er sich in aller Ruhe eine Strategie zurechtlegen konnte, während er den soeben erlegten Schwarzkittel gemütlich verzehrte. Seine Wohnhöhle wäre ihm zwar lieber gewesen, doch gegen den Wind nach Hause zu fliegen hätte zu lange gedauert, um noch vor Tagesanbruch wieder dort zu sein. Die Wahrscheinlichkeit, gesehen zu werden, war viel zu hoch.

So hielt er sich noch drei weiter Tage unter den Felsen versteckt, während er nachts unbemerkt in die Nähe des Tempels schlich, um den Unterhaltungen der Bewohner zu lauschen. Auf diese Weise waren ihm genügend Gespräche zu Ohren gekommen, um sich die Geschehnisse zusammenreimen zu können. Je mehr er hörte, desto mehr ging es ihm unter seine Panzerplatten, dass sich dieser „Erwählte", dieser ... Mensch – niederes Wesen, das er war – erdreistete, die weit verbreitete, aber völlig unbegründeten Angst vor Drachen auszunutzen, um sich dadurch zu bereichern. Dieses Gebaren würde alsbald ein Ende haben.

Gerade begann die Sonne, sich über dem Horizont zu erheben. Spitzbübisch lächelnd richtete sich Dragonius auf. Die Zeit, sich den Menschen zu zeigen, seinen Plan in die Tat umzusetzen, war gekommen.

Entspannt schwang sich der Drache in die Lüfte, flog gemächlich seinem Ziel entgegen, hielt sich aber noch in einiger Entfernung, bis er eine Bewegung auf dem Turm ausmachen würde, dann erst wollte er sich dem Tempel nähern. Dieser Wicht von einem Erwähltem sollte ihn ja schließlich auch in aller Deutlichkeit zu sehen bekommen. Doch dies konnte noch einige Zeit dauern, weswegen sich Dragonius auf einer nahegelegenen Wiese niedersetzte.

Als er auf dem Wehrgang endlich eine sich schwerfällig bewegende Person erkannte, erhob sich der Drache wieder, um vom Rand des Dorfes her in das Sichtfeld des Erwählten zu gelangen. Mit einem Mal wurde die Glocke so wild geläutet, das sie beinahe aus ihrer Halterung riss, doch ging das Geläut fast vollständig im Gekreische jener Menschen unter, die des Drachens ansichtig wurden.

Sein zufriedenes Lachen maskierte er mit einem Knurren, während er sich mit bedrohlichem Flügelschlagen im Tempelgarten niederließ, wobei er ihm wahrsten Sinn mächtig Staub aufwirbelte. Die wenigen Personen, die sich zuvor hier aufgehalten hatten, waren schon längst in sämtliche Richtungen davongerannt. Plötzlich war es totenstill.

Geduldig wartete Dragonius, was nun weiter geschehen würde. Nach einiger Zeit öffnete sich das Gittertor des Tempels ganz vorsichtig. Nur einen winzigen Spalt breit, dann wurde es sofort wieder geschlossen. Augenblicklich erhob sich hinter den Tempelmauern wildes, aufgebrachtes Durcheinandergeschreie und Gejohle, bevor das Tor aufgerissen wurde und ein fetter, rotgesichtiger, mit Speer bewaffneter Mann unter vielstimmigem „Rrraus!" dem Drachen entgegenstolperte. Ganz offensichtlich war der Erwählte zu dieser Entscheidung „bewegt" worden.

Kaum befand der sich außerhalb des Tempels, wurde das Tor hastig wieder geschlossen und hörbar verrammelt. Danach war es erneut totenstill. Nun ja – fast. Guthfried rang sichtlich nach Atem. Doch nicht aus Furcht; er hatte sich schlichtweg überanstrengt.

Mit einer ziemlich steifen, ungelenken Bewegung warf er einen Blick nach hinten, der ihm verriet, dass er nun auf sich alleine gestellt war. Daraufhin wandte er sich seufzend Dragonius zu, um sich seiner Aufgabe als Drachenjäger zu stellen. Doch der Erwählte brachte es nicht fertig, dem Feind in die Augen sehen. Dafür hätte er den Kopf deutlich weiter in den Nacken legen müssen, was üppige Speckrollen erfolgreich verhinderten. Folglich beschimpfte Guthfied den Bauch des Drachen.

„Du ... Untier", brachte der Erwählte mehr keuchend als sprechend vor. „Ich ... (schnauf) ... werde dich lehren ... (japs) ... uns vernichten zu wollen (fieps). Ich werde ... (keuch) ... dich töten ... (hechel)."

Er wollte seinen Speer schon in Position bringen, um ihn dem Drachen entgegenzuschleudern, doch hatten die ängstlichen Menschen das Tor zu hastig geschlossen, weswegen das Kampfwerkzeug an dessen hinterem Ende eingeklemmt war. Der Erwählte riss und zerrte an dem Speer herum, was einen ziemlich unwürdigen, wenn nicht gar unfähigen Eindruck vermittelte.

Indes hatte es sich Dragonius im Tempelgarten gemütlich gemacht, um schmunzelnd die verzweifelten, von Atemnot und Hitzewallungen begleiteten Aktivitäten des Drachentöters zu studieren.

Als dieser den Speer endlich freibekommen hatte, beugte sich der Drache tief hinunter, um Blickkontakt mit seinem Peiniger herzustellen, wenn es schon andersherum nicht zustande kam.

Guthfried erstarrte mit weit aufgerissenen Augen. Sein Atem ging schnell, was in diesem Augenblick nicht nur seiner mangelhaften Kondition zuzuschreiben war.

Dragonius grinste den dicken Mann an, doch wegen seiner spitzen Zähne wirkte dies auf die Menschen eher bedrohlich.

„Du bist also der Erwählte", ließ er nach einem intensiven Beäugen mit tiefer, eindringlicher Stimme verlauten. Die Tatsache, dass er sprechen konnte, ließ Dragonius gerne in einer Kunstpause wirken. Aus Erfahrung wusste er, dass ihm die wenigsten Menschen diese Fähigkeit zusprachen, weshalb es immer einige Momente dauerte, bis deren kleinen Gehirne dies verarbeitet hatten. Solange konnten sie ohnehin keine weitere Information aufnehmen, da wäre es sinnlos, gleich weiterzureden. Nachdem Dragonius bei vereinzelten Dorfbewohnern eine Art Begreifen erkannte, fuhr er fort:

„So bist du also jener, der die Zeichen der Götter falsch gedeutet hat!" Zufrieden registrierte er, wie einigen Menschen, einschließlich dem Erwählten, die Kinnlade absackte.

„Wie – falsch?", brachte Guthfried schließlich über die Lippen, während er den Speer sinken ließ und damit aussprach, was alle anderen dachten.

„Ist doch ganz einfach", dozierte der Drache mit besserwisserischer Stimme. „Die Götter wollten euch darauf hinweisen, dass ihr mich nicht bekämpfen, sondern anbeten sollt. Warum wohl haben sie euch eine Drachenfigur geschickt und euch veranlasst, hier überall entsprechende Objekte aufzustellen? Na – weil ihr den Tempel selbstverständlich für mich hättet errichten sollen und nicht für diesen kleinen Rollkäse. Aber ich will großzügig sein: baut den Tempel um, dass er groß genug für mich ist, dann will ich dies als Entschuldigung für euer ungebührliches Verhalten ansehen. Und du, der du die freudige Nachricht hättest überbringen sollen, darfst mein erster Diener sein und für mich jagen. Das kannst du doch noch?", setzte er lauernd hinzu.

Unter den Dorfbewohnern erhob sich verhaltenes Gemurmel. Gerade wollte Guthfried zu einer Antwort ansetzen, als der Bürgermeister aus sicherer Entfernung hinter dem Gittertor dem Drachen zurief: „So, so, wir haben das also falsch gedeutet. Aber warum sollte denn deine Auslegung die Richtige sein?"

Grummelnd wandte Dragonius seinen Kopf in Richtung des Bürgermeisters, der daraufhin erschrocken drei Schritte zurückwich, obwohl er sich noch immer hinter dem Tor befand.

„Nun, wenn ich euch Böses wollte", brummte der Drache, „hätte ich das ganze Dorf bereits in der vorigen Nacht niederbrennen können, als ich von euch völlig unbemerkt darüber hinwegflog. Außerdem bin ich viel älter und ohnehin weiser als jeder andere hier. Das ist ja der Grund, weshalb ihr mich verehren und um Rat fragen sollt."

Guthfried bemerkte, dass einige der Dorfbewohner geneigt waren, dem Drachen zu glauben und fürchtete, dass damit sein bequemes Leben ein jähes Ende nehmen würde. Wutentbrannt schrie er Dragonius an: „Du Ungeheuer verbreitest Lügen! Die Götter wollten uns vor dir warnen! Deshalb werde ... (schnauf) ... ich dich jetzt töten!"

Angriffslustig hob er wieder den Speer, der ihm vorhin allerdings nicht so schwer vorgekommen war.

Dragonius sah den Erwählten halb belustigt, halb nachdenklich an.

„Gut, kleiner Mann. Wenn es wirklich der Wille der Götter ist, werden sie dir helfen, mich auf Anhieb tödlich zu treffen. Wenn nicht, habe ich wohl doch recht. Ich schlage daher vor, dass du mit dem Speer nach mir wirfst – ich bewege mich auch nicht. Wenn ich danach noch lebe, wird der Tempel für mich umgebaut und ich werde so verehrt, wie es mir zusteht."

Die Dorfbewohner tuschelten miteinander, während Guthfried der Schweiß ausbrach. Schließlich trat der Bürgermeister einen Schritt vor. Also – einen halben Schritt.

„Gut, wir werden das Gottesurteil anerkennen. Wirf, Guthfried!"

Sämtliche Augen richteten sich auf den Erwählten, dem der Schweiß zwischenzeitlich in Strömen herablief. Da er die ganze Zeit mit erhobenem Speer dagestanden hatte, war er jetzt kaum noch in der Lage, diesen zu halten, geschweige denn, kraftvoll zu werfen. Doch er hatte keine Wahl, nun gab es kein Zurück mehr. In Gedanken flehte er die Götter um ihren Beistand an, dann warf er so kräftig, wie er konnte. Der Speer flog auf den Drachen zu, alle hielten gespannt den Atem an. Die Flugbahn der Waffe senkte sich jedoch viel zu früh, weswegen sie schließlich an einer der Krallen des vorderen Drachenfußes abprallte, ohne auch nur einen Kratzer zu hinterlassen. Mit gespieltem Entsetzen starrte der Drache auf seinen Fuß, sah nach einer kurzen Pause ungläubig zum Erwählten, legte den Kopf etwas schräg und meinte: „Autsch?"

Der Umbau des Tempels war unter Dragonius' wachsamen Augen nach nur sechs Monaten beendet. Für den Garten hatte ein aufmerksamer Künstler eine Skulptur gefertigt, die den prächtigen Drachen zeigte, wie er dazu ansetzt, dem ach so bösen Jägersmann den Speer zwischen die Rippen zu schieben. Dragonius hielt zwar nichts von roher Gewalt, beließ die Skulptur aber, wo sie war – ein wenig Einschüchterung, vor allem für künftige Generationen, konnte seiner Erfahrung nach nichts schaden.

Guthfried hatte bis zum Abschluss der Bauarbeiten seine alte Form nahezu wiedererlangt, wohnte wie gehabt mit seiner Frau in der Hütte im Wald und verdiente wie zuvor seinen Lebensunterhalt mit der Jagd. Dem bequemen Leben als Erwähltem trauerte er zwar etwas nach, wurde aber dafür mit Jagdglück und einer reichen Kinderschar entlohnt.

Weitere Bücher der Autorin Susanne Eisele

Nachbarschaftshilfe: Ein Vampir- und Werwolfkrimi

ISBN-13: 978-1495493584

Seit langem ist der Graben zwischen der Vampir- und der Werwolfstadt tiefer als der Fluss, der die beiden Städte trennt. Kein Vampir betritt das Gebiet der Werwölfe und ebenso anders herum. Ein Vampir jedoch geht in das andere Gebiet und ermordet Werwölfe. So wie ein Werwolf Vampire auf deren Gebiet ermordet. Jetzt heißt es für die Sheriffs der beiden Clans zusammenzuarbeiten und den jeweiligen Nachbarn zu unterstützen, um den Mördern auf die blutige Spur zu kommen und weiteres Unheil zu verhindern.

Kinderspiel: Ein Vampir- und Werwolfkrimi Band 2

ISBN-13: 978-1508676676

Seit eine mehrere Monate zurückliegende Mordserie aufgeklärt wurde, ist es ruhig geworden in den benachbarten Kleinstädten Whitehall und Whitewell. Ein guter Zeitpunkt für die Sheriffs dieser beiden Städte, gemeinsam in Urlaub zu fahren. Doch kaum sind sie abgereist, ereignen sich mysteriöse Diebstähle. Während die ohnehin schon komplizierten Suche nach den Tätern läuft, kommt auch noch eine Kindesentführung hinzu. Jetzt ist das ganze Geschick und die Zusammenarbeit der Deputies beider Städte gefragt. Wird es ihnen gelingen, das Kind aus den Händen der Entführer zu befreien? Band 2 zu dem Vampir- und Werwolfkrimi: Nachbarschaftshilfe

Kein Schnee im Hexenhaus
(Märchenspinnerei, Band 4)

ISBN-13: 978-1541388475

Ein Bruder und seine Schwester. Ein Haus im Wald.
Eine schrullige Alte.

Hansjörg und Margarete verlaufen sich im Wald. Dort
werden sie von der Polizei aufgegriffen und von den
Eltern wegen ihres wiederholten Drogenkonsums in ein
Erziehungsheim geschickt. Man bringt sie zu einem
kleinen Häuschen, weit, weit weg von der Stadt. Sie
denken sich dabei nichts Böses. Eigentlich nur an eine
baldige Flucht. Doch dies stellt sich als unmöglich
heraus. Denn das Haus hält nicht nur eine waschechte
Hexe, seltsame Wesen und giftige Pflanzen für sie
bereit. Für Hansjörg und Margarete wird dieser Trip
die entscheidende Lektion ihres Lebens.

Hänsel und Gretel einmal anders: In "Kein Schnee im
Hexenhaus" spinnt die Autorin Susanne Eisele das
bekannte Märchen der Brüder Grimm ganz neu und
setzt sich dabei mit Sucht und Realitätsverlust auseinander.

Band 4 aus der Reihe der Märchenspinnerei.

Das erste Lied
(Märchenspinnerei Band 14)

ISBN: 978-3-752848250

Ein Müllersohn
Der Traum vom Ruhm
Der erste Vertrag

Schon seit frühester Jugend will Sänger und Gitarrist
Florian Müller ein erfolgreicher Musiker werden. Als
ihm der berühmte Produzent Dietmar Weiss einen
Plattendeal anbietet, sieht er seinen Traum zum
Greifen nahe. Ohne lange zu überlegen, unterschreibt
er den Vertrag.

Doch dann kommen ihm Zweifel. War es wirklich klug,
die Rechte an seinem Song so leichtfertig abzutreten?
Was, wenn der Schlager-Produzent seine Metal-Ballade
vollkommen verhunzt? Fieberhaft sucht Flo nach
einem Ausweg - und dann tritt noch Sängerin Mia in
sein Leben ...

Rumpelstilzchen einmal anders: In „Das erste Lied"
erzählt Autorin Susanne Eisele das bekannte Märchen
der Brüder Grimm neu und setzt sich dabei mit der
Verlockung von schnellem Ruhm, den Fallstricken der
Musikindustrie und dem Zusammenhalt unter
Freunden auseinander.

Band 14 aus den Reihen der Märchenspinnerei

Anthologien mit Beiträgen der Autorin
Susanne Eisele

Die Würfel der vergessenen Magie: Eine Anthologie
(Alea Libris)
ASIN: B01MDRI27Z

9 Würfel, 5 Geschichten - lesen Sie hier, was unsere 5
Autoren aus der Herausforderung gemacht haben, aus
9 Motiven eine Geschichte zu formen.


Erzählungen von der einsamen Burg:
Eine Anthologie
(Alea Libris)
ASIN: B0722YC78W

Zu seiner Erleichterung erblickt der Wanderer eine
Burg. Die letzten Tage war er durch die entlegene
Gegend geirrt, ohne einer Menschenseele zu begegnen.
Diese Burg erscheint ihm daher wie ein Geschenk und
er beschließt, dort für einen Tag zu rasten. Doch was
ihn hinter den Mauern erwartet, wird ihm für den Rest
seines Lebens in Erinnerung bleiben ... vorausgesetzt
natürlich, er überlebt den Tag in der Burg.

Märchen aus 1001 Nacht Update 1.1:
Wer braucht schon einen Dschinn?
(Moderne Märchen)
(Machandel-Verlag)

ISBN-13: 978-3959591041

Die schöne Scheherezade hat nicht nur dem Sultan den
Kopf verdreht. Ihre Geschichten haben auch einen
bleibenden Platz in der europäischen Märchenwelt
gefunden. Unsere Autoren haben natürlich eine eigene Meinung
dazu. Was, wenn der Dschinn ein Alien ist? Oder Ali
Baba als Tellerwäscher sein Glück finden muss? Kann
Scheherezade nach Europa geflüchtet sein und der
Sultan mit Anzug und Aktentasche spazierengehen?
Bekommt Sindbad ein Interview mit der "Times of
India", und landet die Wunderlampe mangels
Verwertbarkeit am Ende sogar noch auf dem Schrott?
Lassen Sie sich überraschen! So viel kann ich Ihnen
verraten – nicht alle modernen Märchen enden
glücklich, aber in einigen bekommt die Prinzessin am
Ende doch ihren Prinzen.

The P-Files: Die Phönix Akten
(Talawah-Verlag)
ISBN-13: 978-3947550081

Warum nur ein Leben leben, wenn es auch tausend sein können? Das ist der Leitsatz des Phönix, der aus der Asche wiedergeboren wird und unsterblich ist. In 31 Kurzgeschichten rund um den brennendsten Vogel der Welt werdet ihr alles finden: Wahrheit und Wahnsinn, Evolution und Revolution, Abenteuer und Ungeheuer, Zauber und Zorn, Hoffnung und Verzweiflung, Magie und Märchen.
Die Phönix-Akten offenbaren wie Phönixe sterben und wiedergeboren werden, wie Menschen und Vögel leben, wie sie lustiges und grauenvolles erleben.

# Danksagung

Zum Abschluss dieses Buchs möchte ich wieder allen danken, ohne die dieses Projekt nicht möglich gewesen wäre.

Meinen Eltern dafür, dass sie meine Leidenschaft für Bücher von Kindesbeinen an gefördert haben, insbesondere meiner Mutter für ihre wundervolle Unterstützung und Werbung.

Meinem Ehemann Manfred Polz für seine großartige Unterstützung, sein wie immer sehr ausführliches Lektorat. Viele der Geschichten haben durch ihn nochmals deutlich dazu gewonnen, weshalb er zurecht bei einigen der Geschichten als Co-Autor genannt ist.

Meinem Coverdesigner Renee von Dream Design für das tolle Cover. Ich hatte ja von Anfang an eine bestimmte Vorstellung für das Cover, aber Renee hat diese Vorstellung noch getopt.

Natürlich gebührt mein Dank vor allem auch allen Lesern und Leserinnen. Ich hoffe, ich konnte euch ein paar angenehme Stunden bereiten.

Über Rezensionen für das Buch würde ich mich sehr freuen.